Ulrike Rylance
Eiskaltes Herz

Ulrike Rylance, geboren 1968, studierte Anglistik und Germanistik in Leipzig und London. Sie arbeitete während des Studiums als Assistant Teacher in Wales und in Manchester. Nach dem Studium lebte sie zehn Jahre in London und arbeitete als Deutschlehrerin für Kinder und Erwachsene. Heute lebt sie mit ihrem Mann und ihren zwei Töchtern in Seattle, USA.

Weitere Titel von Ulrike Rylance bei dtv junior: siehe Seite 4

Ulrike Rylance

Eiskaltes Herz

Thriller

Deutscher Taschenbuch Verlag

Von Ulrike Rylance ist außerdem bei
dtv junior lieferbar:
Ein Date für vier
Villa des Schweigens
Todesblüten

Das gesamte lieferbare Programm von dtv junior
und viele andere Informationen finden sich unter
www.dtvjunior.de

Originalausgabe
© 2013 Deutscher Taschenbuch Verlag GmbH & Co. KG,
München
Dieses Werk wurde vermittelt durch die
Literaturagentur Kai Gathemann, München
Umschlagkonzept: Balk & Brumshagen
Umschlaggestaltung: Ruth Botzenhardt
Lektorat: Katja Frixe
Gesetzt aus der Charlotte 11/14˙
Gesamtherstellung: Druckerei C. H. Beck, Nördlingen
Gedruckt auf säurefreiem, chlorfrei gebleichtem Papier
Printed in Germany · ISBN 978-3-423-71541-6

Wer nicht eifersüchtig ist, der liebt nicht.
Augustinus

1

Juni

Leander, wo bist du?

Das Auto, in dem ich sitze, riecht nach kaltem Rauch. Ich starre auf den Hinterkopf des Albinos, ab und zu sehe ich ihn im Profil, wenn er aus dem Fenster blickt. Keine Ahnung, ob er wirklich rote Augen hat. Ich nenne ihn so, weil er weißblonde Haare und ganz helle Haut hat und eine Sonnenbrille trägt, obwohl es draußen kühl und diesig ist. Seinen Namen kenne ich nicht. Aber ich habe Angst davor, wozu er fähig sein könnte, und zwinge mich, nicht daran zu denken, sonst breitet sich Panik wie Lava in meinem Bauch aus. Rot glühende Lava, die alles in mir verschlingt und nur noch nackte Angst zurücklässt. Meine Finger krallen sich jetzt in das speckige Polster, ich richte meinen Blick starr nach unten. Auf dem Boden liegt eine leere, zerknautschte Schachtel Marlboro, Technoklänge hämmern leise vorn aus dem Radio.

»Worauf warten wir eigentlich?«, frage ich erneut, obwohl ich mir doch geschworen habe, nichts mehr zu sagen. Der Albino hat keine meiner Fragen beantwortet. Und was ich wirklich meine, ist vielmehr:

7

Was hast du mit mir vor? Was habt *ihr* mit mir vor? Und wo ist Leander? Leander muss mir helfen, wir gehören doch zusammen. Lena und Leander – für immer und ewig. Trotz allem, was passiert ist. Oder gerade deswegen.

Der Albino trommelt jetzt mit den Fingern auf dem Lenkrad herum. Offenbar warten wir auf jemanden.

»Ich muss mal«, versuche ich es verzweifelt, meine Stimme klingt dünn und piepsig. Die Stimme eines kleinen Mädchens, das sich jeden Moment in die Hose pinkeln wird.

Dem Albino ist das egal. Sein runder Kopf mit den weißblonden Haarstoppeln ruckt im Takt der Musik, im Rückspiegel sehe ich nur die dunklen Gläser seiner Sonnenbrille. Er beobachtet mich, auch wenn er so gleichgültig tut. Stumpfe, schwarze Löcher in einem bleichen Gesicht. Sie kommen mir vor wie tiefe Krater, in die ich fallen und in denen ich auf Nimmerwiedersehen verschwinden werde. Ich denke an meine Eltern, die jetzt ahnungslos nach Hause kommen, den Kühlschrank mit Einkäufen vollpacken, die Post durchsehen, ein paar Worte über ihren Tag in der Zahnarztpraxis und im Büro wechseln. Wann werden sie sich wundern, wo ich bleibe? Und ich denke an Leander, meinen Leander. An den unheilvollen Tag im April, an dem alles anfing. Etwas Heißes steigt in meiner Kehle hoch. Hastig kneife ich die Augen ein paarmal auf und zu. Nicht heulen, lieber nachdenken, wie ich hier rauskomme. Wie konnte ich nur so blöd sein, hier einzusteigen? Jetzt sind die Türen verriegelt.

Wir stehen vor einem Abrisshaus in einer heruntergekommenen Straße. Ein zerrissenes Plakat wirbt für die längst vergangene Mega-Sommerparty im Jahr 2007, die Haltestelle ist menschenleer und alles, was ich in der letzten Stunde gesehen habe, war eine streunende Katze und ein kapuzenvermummter Typ, der seinen Kampfhund ausführte.

Jemand reißt die Beifahrertür auf.

»Fahr los«, sagt eine Stimme. Ich habe sie schon mal gehört. Weiß, zu wem sie gehört.

Mir wird übel.

2

April

Auf dem Foto war Leander ungefähr acht Jahre alt. Er stand irgendwo an einem Strand, trug eine rote Mütze mit einem Garfield-Aufdruck und blickte missmutig in die Kamera.

»Warum guckst du denn da so traurig?«, fragte ich ihn. Wir saßen in seinem Zimmer unterm Dach auf dem Bett und ich hatte mir das Album mit seinen Kinderfotos geschnappt, noch bevor er es verhindern konnte. »Ist es wegen der hässlichen Mütze? Meine Eltern haben mich als Kind auch immer unmöglich angezogen. Ich sag nur: kackbraune Strumpfhosen, die auch noch furchtbar gekratzt haben.«

Leander fing an, an meinem T-Shirt herumzuspielen. »Nee, nicht wegen der Mütze. Ich glaube, ich war wegen was anderem traurig.«

»Und warum?«

Seine Finger schoben jetzt Stoff weg und strichen sacht über meinen nackten Bauch. »Na, weil ich dich noch nicht kannte.«

Ich lachte. Es war genau das, was ich hatte hören wollen. »Du hättest mich doch damals gar nicht beachtet. Kleine Jungs und kleine Mädchen mögen sich in dem Alter nicht besonders.«

»Du wärst mir mit Sicherheit aufgefallen«, murmelte er, sein Mund presste sich jetzt auf meinen Bauch. »Ich hätte dir deine kratzenden Strumpfhosen ausgezogen und dich gerettet.« Er wurde drängender und ich kippte mit einem kleinen Quieken nach hinten auf sein Bett. »Was ist mit Mathe?«, quetschte ich zwischen zwei Küssen heraus, dabei war mir Mathe in diesem Moment so was von egal. Ich wollte doch auch, dass er weitermachte.

»Scheiß drauf«, flüsterte er. »Nachher.«

Seine rechte Hand hakte meinen BH auf und schob sich warm auf meine Brust. Ich legte meine Hände um seinen Hinterkopf und zog ihn näher an mich heran, als ich etwas hörte. Im Haus klappte eine Tür. Leander hielt inne, er hatte es ebenfalls gehört. Wir sahen uns an. Ich zog eine Augenbraue hoch.

»Leander? Willst du ein bisschen Quarkkuchen?«

Seine Oma, die mit im Haus wohnte. Wir hielten mucksmäuschenstill, klammerten uns halb ausgezogen aneinander, versuchten, nicht loszuprusten.

»Leander? Bist du oben? Ist frisch gebacken!« Schritte klackerten. Erst unten im Korridor, dann auf der Treppe.

»Die kommt hoch.« Mit einem Satz richtete ich mich auf und zog meinen BH wieder an.

Leander grinste. »Möchtest du denn keinen Quarkkuchen, meine süße Lena?«

»Hör auf!« Ich schlug spielerisch mit meinem T-Shirt nach ihm. »Das ist doch peinlich, wenn deine Oma hier reinplatzt. Wieso kommt die überhaupt hoch? Ich denke, die hat es mit dem Knie?«

Leander zuckte mit den Schultern. »Vielleicht war es auch der Ellenbogen, ich weiß nicht mehr genau.« Er stand auf. »Wir kommen gleich runter«, rief er laut. Zu spät.

Die Tür ging just in dem Moment auf, als ich mein T-Shirt gerade wieder angezogen hatte.

»Ach, die Lena«, sagte seine Oma bei meinem Anblick. Sie schnaufte leicht. Was musste sie auch so die Treppe hochhetzen?

»Na, da will ich euch nicht stören.« Sie lächelte entschuldigend. »Ich dachte nur, der Leander liegt wieder mal den ganzen Nachmittag im Bett rum.«

Ich wandte den Blick ab, um nicht laut loszukichern, und blieb dabei an einem Poster hängen. Leander und seine Band – *The Gargoyles*. Mit düsteren Mienen standen sie vor etwas, das wie der apokalyptische Rest einer Großstadt aussah, dabei war es nur die Industrieanlage hinten am Fluss. Das Plakat kündigte ihr erstes richtig großes Konzert in zwei Wochen an. Einer seiner Kumpel hatte das Foto geschossen, ich war auch dabei gewesen. Wenn man ganz deutlich hinsah, konnte man auf dem Bild meinen Schatten erkennen, aber natürlich stand ich nicht mit bei der Band. Leander spielte Bassgitarre und wirkte auf dem Poster dunkel und unnahbar, dabei war er das gar nicht. Das wusste ich schließ-

lich am besten, immerhin war ich seit sieben Monaten seine Freundin. Er war witzig und zärtlich und
intelligent, er liebte seine Katze und seine kleine
Schwester, er komponierte die Songs für die Band
und schrieb wunderschöne Texte dazu, er war nicht
eitel, obwohl er umwerfend gut aussah, wir konnten
über dieselben Dinge lachen und es war seither kein
Tag vergangen, an dem ich nicht vor Stolz bald ge-
platzt war, dass er ausgerechnet mich zur Freundin
haben wollte.

»Unten ist der Kuchen, nehmt euch ruhig.« Leanders
Oma riss mich aus meinen Gedanken. »Selbst gebacken schmeckt doch immer noch am besten.«

Uns blieb gar nichts anderes übrig, als ihr zu folgen und uns unten in der Küche gehorsam ein Stück
Quarkkuchen reinzustopfen. Danach wieder hoch-
zugehen und da weiterzumachen, wo wir aufgehört
hatten, war irgendwie nicht drin. Noch weniger Lust
verspürte ich allerdings auf Mathe. Leanders Handy
kündigte mit einem kurzen Schnurren eine SMS an.

Er warf einen Blick darauf. »Moritz und Sarah sind
vorn am Park. Mit noch ein paar anderen. Ich hab
noch eine Stunde vor der Probe, wollen wir hin?«

Ich sah aus dem Fenster. Obwohl es erst Anfang
April war, zeigte das Wetter sich seit ein paar Tagen
von seiner besten Seite. Die Sonne strahlte und
lockte alle möglichen Blumen und Knospen heraus,
von denen man bislang geglaubt hatte, sie wären
auf Nimmerwiedersehen verschollen. Heute in der

13

Schule hatten ein paar Mädchen bereits Shorts und Sonnenbrillen getragen, als wären sie am Strand von Ibiza.

»Klar«, sagte ich daher. »Gehen wir vor zum Park.«

Später habe ich oft überlegt, was passiert wäre, wenn ich mit Leander an diesem Tag einfach zu Hause geblieben wäre. Man nennt das den Schmetterlingseffekt – eine winzige Kleinigkeit entscheiden und damit das ganze Leben in eine andere Spur umleiten. In eine bessere. Oder eine abenteuerlichere.

Oder, wie in meinem Fall, direkt in die Hölle.

Wir überquerten die Hauptstraße und winkten dabei Moritz und Sarah zu, die schon zusammen mit Hendrik und Gregor auf der Bank bei den Tischtennisplatten saßen. In letzter Zeit hingen Moritz und Sarah fast jeden Tag dort rum und warteten auf ein paar andere, fast, als wären sie auf der Flucht vor sich selbst. Vor ein paar Monaten waren sie unter großem Tamtam zusammen ins Dachgeschoss der offenbar sehr freizügigen Eltern von Moritz gezogen. Mit unendlich vielen Andeutungen und albernem Gekicher hatte Sarah uns alle täglich mit der Nase darauf gestoßen, wie herrlich diese neue Zweisamkeit war und wie erwachsen, und wie bemitleidenswert wir anderen waren, die wir noch bei unseren Eltern in unseren Kleinmädchenzimmern hockten. Mittlerweile war der Reiz des Neuen wohl verpufft, denn Sarah beschwerte sich dauernd, dass das Zimmer von Moritz ein Saustall war und sie diejenige, die dann wieder alles aufräumen musste. Wie ein altes Ehepaar, dachte ich, als wir auf sie zuliefen und ihre leicht verkniffenen Gesichter sahen. Offenbar hatte es gerade wieder gekracht. Ich drückte Leanders Hand ganz fest. Nie würden wir so enden, das schwor ich mir.

»Gregor hat sich gerade so was von zum Horst gemacht«, begrüßte uns Hendrik, der Drummer aus Leanders Band.

»Ja, danke. Erzähl es gleich allen weiter«, knurrte Gregor verdrießlich. Er hockte rauchend auf einer der großen Holzscheiben, die eigentlich zum Klettern für Kinder gedacht waren, und kassierte dafür böse Blicke von zwei Müttern mit Kinderwagen.

»Ja natürlich, das muss die Welt doch wissen. Als abschreckendes Beispiel – wie man jemanden *nicht* anquatschen sollte!« Hendrik kicherte.

»Was?«, fragte ich verständnislos. »Wen hat er angequatscht?«

»Nessa.« Hendrik rollte bedeutungsvoll mit den Augen.

»Ist gut jetzt, okay?«, schnappte Gregor und quetschte seine Kippe auf der runden Baumscheibe aus.

»Also, hallo! Geht's noch?«, rief eine der Mütter und schüttelte den Kopf.

Nessa. Da brauchte man gar nicht mehr zu sagen, denn jeder wusste Bescheid. Vanessa Klinger, die von allen »Nessa« genannt wurde, als wäre sie irgendein Planet oder so. Ein Planet, um den Dutzende von lechzenden männlichen Monden kreiselten und ihre Bahnen zogen. Die Mädchen waren hauptsächlich neidisch auf sie, was sie aber nicht davon abhielt, ständig ihre Nähe zu suchen, um ein bisschen von dem Glamour abzubekommen. Vater berühmter Herzchirurg, Mutter Ärztin für kosmetische Chirurgie, ein Prachthaus im Villenviertel, ein Ferienhaus an der Nordsee, perfekte Figur, samtbraune Augen und glänzende lange Haare, Schmollmündchen, nie ein lästiger Pickel, nie ein störendes Stäubchen, mit fünfzehn die Clara im Nussknacker-Ballett getanzt, mit sechzehn den Talentewettbewerb der Stadt als Violinistin gewonnen. Ach, und natürlich keinerlei Probleme mit Integralrechnung oder Chemie wie die restlichen Sterblichen von uns, weswegen sie kürzlich auf Facebook geklagt hatte, dass sie sich gar nicht entscheiden könne, an welcher Elite-Uni sie denn nun Medizin studieren solle.

»Er hat sie vorhin gefragt, ob sie mit ihm dieses Jahr nach Wacken will«, fuhr Hendrik gnadenlos fort. »Zu den Metalfreaks.« Er klatschte sich jetzt begeistert auf die Schenkel. »Da könnte die schöne Nessa ihm ihre Haare ins Gesicht schlenkern und sein gemütliches Zelt mit ihm teilen!«

Sarah wieherte los und auch ich musste gegen meinen Willen lächeln, obwohl Gregor mir ein bisschen leidtat. Aber Vanessa in Wacken im Schlamm auf der Weide mit einer Flasche Aldibier in der Hand …

»Hätte doch sein können«, wehrte sich Gregor. »So abwegig ist das ja nicht. Dieses Jahr spielen total gute Bands. Das Ding ist fast ausverkauft!«

»Was hat sie denn gesagt?«, erkundigte sich Leander. Das interessierte mich auch, trotz Gregors gequältem Gesichtsausdruck.

»Dass sie an dem Wochenende leider nicht kann, weil da ihre Geschlechtsumwandlungs-OP stattfindet.« Hendrik prustete los. Ich fand das ziemlich heftig, Gregor war doch kein schlechter Kerl. Aber Leander lachte laut auf.

»Ja, ja, sehr witzig«, knurrte Gregor. »Können wir jetzt mal das Thema wechseln? Und abgesehen davon weiß die Tussi nicht, was sie verpasst. Metal rules, baby!« Er spuckte in den Sand, verfolgt von den argwöhnischen Blicken der beiden Mamis am anderen Ende des Spielplatzes.

»Genau«, stimmte ich Gregor zu. Wacken war immer noch cooler als Sylt oder wo immer Vanessa sich aufhalten würde. Die Sonne brannte jetzt regelrecht, ich zog meine Jacke aus und legte sie auf die Bank. Am liebsten hätte ich mich komplett ausgezogen und in die Sonne gelegt.

»Was hast du denn da?« Sarah richtete ihre Aufmerksamkeit jetzt auf das T-Shirt von Moritz. »Ist das Kaffee?«

»Was?«, Moritz schielte nach unten.

»Der Fleck da. Mann!« Sie verdrehte genervt die Augen. »Und ich muss es dann wieder waschen!«

Ich wechselte einen verschwörerischen Blick mit

Leander. Sein Mundwinkel zuckte leicht. »Ich hol mir mal ein Eis da drüben«, sagte er laut. »Auch eins?« Das galt mir.

»Ja. Aber nicht kleckern. Ich muss es dann wieder waschen.« Ich zwinkerte ihm zu. Er grinste zurück und schwang sich elegant über das kleine Geländer, welches den Park von der Straße abgrenzte. Kurz sah er nach links und rechts und spurtete dann los, über die Straße. Ich sah ihm hinterher, bewunderte seinen typischen schlenkrigen Leander-Gang, wie er lässig und doch flink durch den Verkehr huschte. Ein Auto hupte. Und dann knallte es laut, jemand schrie, Glas splitterte, Bremsen quietschten.

»Oh Gott!«, rief Sarah erschrocken.

Leander war weg.

3

April

Mir wurde eiskalt. Ich konnte mich nicht bewegen, stand da wie festgenagelt. Ein Teil von mir löste sich aus meinem Körper und flatterte hoch in die Luft, von wo aus er unbeteiligt das Geschehen beobachtete, als ginge es mich gar nichts an. Dabei lag Leander da vorn auf der Straße und hinter ihm stand ein VW Golf, aus dem gerade eine Frau ausstieg. Ein Smart war ihr hintendrauf gefahren, weil sie so plötzlich gebremst hatte, Glasscherben lagen auf der Straße. »Ist Ihnen was passiert?«, rief die Frau erschrocken.

Im Nu sammelten sich Schaulustige um den Unfallort und verdeckten die Sicht.

»Komm.« Sarah zerrte mich am Arm und ich erwachte aus meiner Starre, setzte mich wie ferngesteuert in Bewegung, wurde immer schneller, rannte die letzten Meter. Leander! Er saß jetzt auf der Straße und rieb sich die Schulter. »Alles okay«, sagte er gerade. »Nichts passiert, bin nur gestolpert.«

Das war das Signal für die Frau, ihrer Wut freien Lauf zu lassen. »Ja, bist du denn verrückt geworden? Da muss man doch mal die Augen aufmachen, wenn

19

man über die Straße geht. Rennt mir hier einfach so vors Auto und fällt genau davor hin, haben Sie das gesehen?« Sie wandte sich Hilfe suchend an die gaffenden Leute um sie herum. »Da kannst du von Glück reden, dass deinem Freund nichts passiert ist«, meckerte sie jemanden an. Deinem Freund? Ich schob die Leute weg, die nur unwillig zur Seite gingen und sich nicht von dem Anblick trennen konnten, welcher sich mir nun ebenfalls bot. Neben Leander hockte Vanessa. Wo kam die auf einmal her? Und was machte die da? Sie hielt ihn sanft am Ellenbogen fest, als wäre er ein kleines Kind.

»Geht es? Kannst du aufstehen?«, fragte sie ihn gerade. »Und Sie sind viel zu schnell gefahren«, fuhr sie die Frau an. Die riss empört den Mund auf, aber was sie erwiderte, bekam ich nicht mehr mit, denn wie in Trance verfolgte ich Leander und Vanessa mit den Augen. Wie sie ihm hochhalf und rüber auf den Fußweg führte. Wie schön sie dabei in ihrem hellen Kleid aussah, eine Mischung aus sexy Krankenschwester und rettendem Engel. Wie Leander sich bedankte und irgendeine Bemerkung machte, bei der sie vor Lachen den Kopf in den Nacken warf. Wie er vergessen zu haben schien, dass ich auch noch da war.

»Die Adresse von deinem Freund will ich, für die Versicherung«, keifte die Frau den beiden jetzt hinterher.

Weder Vanessa noch Leander stellten der Frau gegenüber ihr Verhältnis zueinander klar und da setzte ich mich endlich in Bewegung. »Leander«, rief ich und drängte mich durch die Leute.

»Und schön hierbleiben, Freundchen«, rief die aufgebrachte Frau Leander zu, dabei hatte er doch gar nicht vor wegzulaufen. Er saß neben Vanessa auf einer Kiste vor dem vietnamesischen Obststand und hielt sich das Knie.

»Lass die reden, ich kenne einen Anwalt, mach dir keine Sorgen«, sagte Vanessa gerade zu ihm. Sie hielt immer noch seinen Arm fest.

»Leander.« Ich schnappte nach Luft, als ich endlich vor ihm stand. »Was machst du denn?«

»Bin nur über irgendwas gestolpert, die soll sich nicht so aufregen«, sagte er und verdrehte die Augen. »Hab doch ihr kostbares Auto mit meinem eisenharten Körper gar nicht beschädigt.«

»Na, Gott sei Dank«, sagte ich. Ich kniete mich vor ihm hin und griff nach seiner Hand. Warum hockte Vanessa immer noch neben ihm? Sie konnte ihn jetzt wirklich loslassen, ich war schließlich hier.

»Ihr kennt euch doch, oder?«, fragte Leander. Ich nickte, obwohl ich noch nie was mit Vanessa zu tun gehabt hatte. Ich gehörte nicht zu ihrem Hofstaat und hatte mich auch nie darum bemüht, wozu auch?

»Komme jetzt gar nicht auf deinen Namen«, sagte Vanessa mit einem kleinen schiefen Lächeln.

Und ich nicht auf deinen, hätte ich am liebsten geantwortet, aber damit hätte ich mich nur lächerlich gemacht, jeder wusste, wie sie hieß.

»Das ist Lena«, stellte Leander mich vor, als wäre ich irgendwie sprachbehindert.

Vanessa sah mir für den Bruchteil einer Sekunde in die Augen. Ich hatte das Gefühl, dass sie in diesem kurzen Moment direkt in mich hineinsah. Wie sie meine Unsicherheit erkannte, die ich doch mit Leander an meiner Seite so gut verbergen konnte, wie sie mit einem abschätzigen Blick meine selbst gefärbten Haare betrachtete, meine Steampunk-Kette, die ich nie abnahm, weil sie mir Glück brachte, meine fünf Pfund zu viel, meine Stiefel, die bald auseinanderfielen, weil ich sie nun schon den zweiten Winter trug. Etwas blitzte in Vanessas Augen auf. Etwas, das ich nicht einordnen konnte, das mich aber an ein Tier erinnerte, das Witterung aufnahm. Doch im nächsten Moment war es weg und sie beugte sich vertraulich vor, legte den Arm um mich, als wären wir beste Freundinnen. Ich konnte ihr Parfüm riechen, nach Karamell und irgendeinem Gewürz. »Du trägst dein T-Shirt auf links, Lena«, flüsterte sie in mein Ohr. »Ich wollte es dir nur sagen. Du willst ja sicher nicht, dass jeder gleich deine Größe sieht, oder?«

Als ich an diesem Abend in meinem Zimmer saß, konnte ich mich nicht auf die verdammten Mathehausaufgaben konzentrieren, die immer noch nicht erledigt waren. Leander war jetzt bei der Bandprobe, nachdem seine Oma unter großem Gezeter zu Hause sein Knie verarztet hatte, während ich nutzlos danebenstand. Nutzlos, das war das richtige Wort. Zum

Trösten am Unfallort war ich zu spät gekommen, ich hatte der Frau nicht entgegengeschleudert, dass sie zu schnell gefahren war, und einen Pflasterverband anlegen konnte ich erst recht nicht. Ich starrte auf mein Buch und verstand immer noch kein Wort. *Die Graphen von f und g schließen im 4. Quadranten ein Flächenstück ein. Berechne dessen Inhalt!*

Mein Handy summte, ich riss es an mich. Bestimmt schrieb Leander mir eine SMS zurück. Wir hatten so ein Ritual, dass wir uns jeden Abend eine Zeile schickten, um zu signalisieren, dass wir an den anderen dachten. Irgendwas, eine Liedzeile, eine kurze Bemerkung. Vorhin hatte ich ihm geschrieben: *Mein Mathebuch und ich sehnen uns nach dir.*

Es war eine SMS, aber nicht von Leander. Von meiner besten Freundin Tine: *Was war heute los, hatte L. einen Unfall????*

Woher wusste Tine das? Ich war so durcheinander gewesen, dass ich ihr noch gar nichts davon erzählt hatte.

Ja. Woher weißt du das?, schrieb ich zurück.

Von Nessa. Sie war ganz fertig.

Ich schluckte. Vanessa? Die hatte doch noch nie mit Tine geredet. Und sie war ganz fertig?

Nichts weiter passiert, er ist ok. Ich rutschte immer wieder mit den Fingern ab, während ich das schrieb.

Warum braucht er dann ihren Anwalt?

Ich schüttelte unwillkürlich den Kopf. *Braucht er nicht.* Langsam wurde ich wütend. Was hatte Vanessa da für einen Unsinn verbreitet?

23

Tine schickte ein Smiley zurück, das verwirrt mit den Augen klapperte. *Warum muss sie sich dann mit ihm treffen?*

Ich ließ mein Handy sinken. In meinem Hals bildete sich ein dicker Kloß.

Noch ein Smiley von Tine. Ich ignorierte sie und schickte Leander eine SMS. *Wo bist du? Ruf mich an!*

Er antwortete nicht. Auch nicht, nachdem ich drei weitere SMS hinterhergeschickt und ihn zweimal angerufen hatte. Ich fegte wütend das Mathebuch vom Tisch.

Und auch nicht, als ich kurz vorm Schlafengehen meine Stiefel packte und in den Müll schmiss. Und das verdammte T-Shirt gleich mit dazu.

4

April

In der Aula roch es nach Bohnerwachs und dem üblichen Schulmief, kombiniert mit dem Turnschuh- und Deogeruch von fünfzig Schülern aus der 12. Klasse, die ermattet nach vorn stierten. Dort hielt gerade ein Referent einen lähmenden Monolog über seinen beruflichen Werdegang und wie er es zum Software-Entwickler geschafft hatte. Davor hatten eine Physiotherapeutin und ein Architekt von ihrem Berufsalltag berichtet, wobei der Architekt immer wieder nervös auf seine Uhr geblickt hatte und anschließend sofort davongehetzt war. Mich interessierten die Berufe nicht, ich wollte Übersetzerin werden, wenn ich es schaffte, und ich ließ meinen Blick über die dahindämmernde Schülerschar schweifen. Nein, das stimmte nicht ganz. Ich suchte Leanders Blick. Seit dem Unfall hatten wir uns kaum gesehen, mal hier ein flüchtiger Kuss im Gang der Schule, mal da eine nichtssagende SMS. Und als wir uns vorgestern, am Sonntagnachmittag, endlich getroffen hatten, war er seltsam ruhelos gewesen und hatte mich ins Kino geschleppt. Ich konnte mich nicht mal mehr an den belanglosen Film erinnern. Fast kam

25

es mir vor, als ob er froh war, dort nicht mit mir reden zu müssen. Brav hatte er mich hinterher nach Hause geschafft, dabei wäre ich gern noch mit zu ihm gekommen, aber er hatte angeblich so schrecklich viel zu tun.

»Du spinnst«, meinte er, als ich ihn auf den Kopf zu fragte, ob er sich mit Vanessa wegen eines Anwaltes getroffen hatte. »Wer erzählt denn so einen Mist?«

»Vanessa«, rutschte es mir heraus.

»Ich brauche keinen Anwalt. Meine Eltern regeln das mit der Versicherung.«

»Warum hast du mich dann an dem Tag nicht zurückgerufen?«

»Ich hatte mein Handy nicht mit zur Probe genommen, ich war noch ganz durcheinander, kapierst du das denn nicht?«

»Warum bist du dann so komisch in letzter Zeit?«

»Ich bin doch nicht komisch, Lena. Meine Eltern stressen rum wegen meiner Noten, ich muss echt mal ranklotzen. Und dann ist übermorgen auch noch das Konzert, ich weiß echt nicht, wo mir der Kopf steht.«

»Du hörst dich an wie ein gestresster Manager«, versuchte ich einen lahmen Scherz.

»Und du wie eine alte Tante.« Damit ging er weg und ließ mich vor unserer Haustür stehen. Ich wollte ihm hinterherrennen, ihn packen und schütteln und anschreien, was das alles sollte, ich wollte ihm um den Hals fallen und meine Nase in der Kapuze seines Sweatshirts vergraben. Ich wollte, dass er sich wenigstens umdrehte. Aber er ging einfach weiter. Später kam nur noch eine SMS: *Sorry, hab es nicht so gemeint.*

Dass er es wirklich nicht so gemeint hatte, darauf hoffte ich jetzt, als mein Blick durch den Saal wanderte. Neben mir saßen Tine sowie Nadine und Julia, meine anderen Freundinnen. Nadine schielte heimlich in ihr Handy und versteckte ihr Gesicht unter dem schwarzen Wust ihrer Locken. Julia kaute irgendetwas, und als sie meinen Blick bemerkte, hielt sie mir komplizenhaft ein Stück Schokolade hin. Ich schüttelte dankend den Kopf. Mir war nicht nach Schokolade. Und Julia hätte ehrlich gesagt auch besser daran getan, nicht immer so viel zu naschen. Sie wurde immer pummliger und letztens hatte sie sich auch noch die dünnen Haare vorn zu einem Pony schneiden lassen, der ihr Gesicht jetzt nahezu kreisrund aussehen ließ. Aber es ging mich nichts an. Außerdem suchte ich Leander.

Dort hinten war er, in der vorletzten Reihe, neben Gregor. Einer von beiden hatte offenbar gerade einen Witz über den phlegmatischen Typen da vorn gerissen, denn sie lachten beide lautlos. Dann streckte Leander sich ein bisschen und sah sich suchend um. Na endlich. Sein Blick blieb hängen, saugte sich regelrecht fest. Ich kannte diese Art von Blick. Es war genau der Blick, mit dem er mich vor sieben Monaten immer wieder verfolgt hatte – auf dem Schulhof, in der Pause, in der Mensa, beim

Herbstfest. Auch hier in dieser Aula, bei der Schul-
jahreseröffnung.

Nur, dass der Blick jetzt nicht mehr mir galt. In
dem Moment, als Vanessa in der Reihe vor mir mit
einem Lächeln ihren Kopf zur Seite drehte, wehte
ein Hauch Karamell zu mir hinüber. Süßlich. Ein-
schmeichelnd. Erstickend. In meinem Kopf fing es
an zu rauschen, bis ich merkte, dass es Beifall war,
der kurz aufwaberte und dann wieder abklang. Der
Typ da vorn war fertig, dafür stand jetzt Vanessa auf.
Mit einem gehauchten »Sorry« und »Danke« glitt sie
durch ihre Reihe und ging nach vorn auf die kleine
Bühne. Wie ein Profi wartete sie, bis alles total still
war, etwas, das der Software-Heini die ganze Zeit
über nicht geschafft hatte.

»Im Namen der Schüler möchte ich einen ganz
herzlichen Dank an unsere Gastreferenten aussprechen, diese tollen Vorträge werden sicher dem einen
oder anderen bei der Berufswahl behilflich sein
und …«

Dir doch nicht, dachte ich. Papa hat dir doch
sowieso schon zehn verschiedene Studienplätze besorgt. Das Rauschen setzte wieder ein, diesmal war
es nur in meinem Kopf. Um mich herum lachten alle,
Vanessa legte keck den Kopf schief, offenbar hatte
ich einen Witz verpasst. Sie überreichte dem verlegen dastehenden Software-Mann einen Strauß
Nelken, die bereits ohnmächtig in der Zellophan-
packung hingen, aber der Typ sah ihr ohnehin nur
auf den Mund und in den Ausschnitt.

»Und dann wollte ich euch noch sagen – wer heute noch nichts vorhat –, denkt dran, unsere *Gargoyles* spielen heute Abend im Kasseturm. Ich darf doch ein bisschen Werbung machen, Frau Herz, oder?« Sie lächelte unsere Schulleiterin an. Die lächelte zurück. Natürlich durfte sie das. Vanessa durfte alles.

Leander war vorn bei der Band und baute mit auf. Ich winkte ihm zu und er winkte zurück. Dieses kleine Winken erleichterte mich unendlich. Ich bildete mir wahrscheinlich nur eine Menge blödes Zeug ein. Nachher würde ich mich rechts vorn neben die Bühne stellen, da hatten wir uns gut im Blick und hinterher würden wir bestimmt noch mit der ganzen Band den Auftritt feiern.

»Meinst du wirklich, das geht so?« Tine riss mich aus meinen Gedanken. Sie betrachtete sich unglücklich in einem der großen Spiegel im Vorraum des Kasseturms. »Ich sehe bescheuert aus, sei ehrlich.«

»Unsinn. Wieso denn?«

»Dieses Shirt hängt an mir wie ein Kissenbezug. Ich hätte was Engeres anziehen sollen!«

Ich biss mir auf die Lippe. Ihre kurzen blonden Haare sahen cool aus, ihre kleine Stupsnase mit den Sommersprossen wirkte niedlich, aber das rot-weiß geringelte Top … So ganz unrecht hatte sie nicht.

Tine bemerkte meine Reaktion natürlich. »Du hast gegrinst, ich habe es gesehen. Scheiße Mann, jetzt ist es zu spät, noch mal nach Hause zu gehen!«

»Gregor wird dich auch so bemerken.«

»Meinst du?« Sie war schon lange in Gregor verknallt, aber er schien völlig immun gegenüber ihren Gefühlen zu sein.

Moritz und Sarah kamen hinzu. »Was hast du denn da Komisches an?«, fragte Sarah und betrachtete erstaunt Tines Oberteil.

Die brach fast in Tränen aus. »Mist, ich wusste es. Sarah, hast du noch was anderes zum Anziehen mit?«

In den Tiefen von Sarahs Umhängetasche fanden sich tatsächlich noch ein paar Klamotten, da sie ununterbrochen neue Anziehsachen von zu Hause holte, um sie in die gemeinsame Wohnung mit Moritz zu schaffen. Erleichtert verschwand Tine mit ihr auf der Toilette.

Ich schnappte vor der Tür noch ein bisschen Luft und wollte gerade wieder reingehen, als Gregor herauskam, um eine zu rauchen.

Ich wagte einen Vorstoß. »Tine hat mich vorhin gefragt, ob ich jemanden weiß, der noch Karten für Wacken hat«, log ich. Tine würde mir verzeihen. Sie würde Gregor nach Wacken, zum Zahnarzt oder sonst wohin begleiten, wenn er sie nur darum bitten würde.

»Hm, mal gucken«, brummte Gregor nur. Er blies Rauch aus. »Mann, hoffentlich wird das heute was, so wenig, wie wir in der letzten Zeit geprobt haben.«

»Wieso?«

»Wieso? Na, du bist gut. Wegen deinem tollen Freund. Dauernd konnte er nicht.«

»Er hat gerade viel Stress«, krächzte ich, auch wenn ich nicht wusste, wo in diesem Moment die Worte herkamen.

»Na ja. Whatever.« Gregor trat seine Zigarette aus und schickte sich an, wieder hineinzugehen.

»Gregor, warte.«

Er drehte sich um.

»War Leander denn an dem Tag bei der Probe, als er den Unfall hatte?« Ich bemühte mich um einen gleichgültigen Tonfall, dabei zerriss es mich fast.

»Nee. Nur gestern und am Freitag. Das meine ich doch. Vielleicht hält er sich ja für perfekt, aber wir sind trotzdem aufeinander angewiesen. Kannst du ihm ruhig bei Gelegenheit mal sagen.« Er verschwand im Klub.

Ich schluckte und schluckte, bis mein Mund ganz trocken war. Das würde sich alles aufklären. Das würde sich alles aufklären. Das würde …

»Lena? Hier steckst du also. Alleine, gut.« Leander stand plötzlich vor mir, er sah sich nervös um.

»Gregor hat gerade gesagt, dass du gar nicht bei den Bandproben warst«, platzte ich heraus. »Was …«

»Lena, wir müssen reden. Komm mal mit.« Er zog mich ein Stück vom Eingang weg, hinter eine Säule, denn jetzt kamen die ersten Gäste. Er holte tief Luft und sah mich bekümmert an. »Lena, das mit uns …«

»Nein«, ging ich dazwischen. Tränen schossen mir in die Augen, ich ahnte, was kommen würde. Ort meiner Demütigung würde der von Kippen übersäte

Vorplatz des Kasseturms sein, einziger Zeuge der rauchende Bachmeier aus der Elften. »Nein!«

»… war doch in letzter Zeit eh nicht mehr so gewaltig, das hast du doch selbst gemerkt. Ich meine, ich mag dich total, du bist ein prima Kumpel, wir haben viel Spaß miteinander, aber …«

»Nein«, sagte ich jetzt wieder, so laut, dass der dicke Bachmeier interessiert zu uns sah. »Ist es wegen ihr? Warst du die ganze Zeit bei ihr?« Ich brachte Vanessas Namen nicht über die Lippen.

Er nickte wieder, so beschissen geduldig und bekümmert. »Tut mir total leid, dass ich nicht ganz ehrlich zu dir war. Aber sie kommt gleich und ich hab ihr versprochen, es dir heute zu sagen.«

Die beiden hatten über mich geredet. Gelacht. Was hatten sie sonst noch zusammen … Oh Gott. Ich schlug die Hände vors Gesicht. »Das kannst du doch nicht einfach so machen!«

»Es ist halt so. Ich hab mich total in Nessa verknallt.« Er streckte die Hand aus, als wolle er mir onkelhaft durch die Haare wühlen, hielt sich aber in letzter Sekunde noch zurück. »Wir können doch trotzdem Freunde bleiben.«

Hatte er eben wirklich diesen ausgelutschten, unmöglichen, dämlichen Satz von sich gegeben?

»Ich muss jetzt rein«, sagte er, als ich schwieg. Ich brachte keinen Ton heraus.

»Wir können ja noch mal in Ruhe reden, ich wollte das jetzt nur loswerden, damit du heute Abend Bescheid weißt.« Und damit drehte Leander, meine große Liebe, sich einfach um und ließ mich stehen.

Ich weiß nicht, wie lange ich da draußen an der Säule hockte. Leute kamen und drängten sich durch die Tür, niemand rief mich, niemand schien mich zu vermissen. Ich würgte meine Tränen hinunter. Meine Tasche war noch im Klub. Inzwischen hatte die Band angefangen zu spielen. Ich ging rein, schob mich durch die Leute, sah Leander im Scheinwerferlicht, hörte, wie Chris, der Sänger, die Zeilen von *Weeks* sang, dem Song, den Leander geschrieben hatte. Für mich, damals vor sieben Monaten.

And after months of loneliness
I saw you
And after weeks of sweet desire
I asked you
And after days of gentle tease
I kissed you
And after hours of being with you
I loved you

Ich hörte die Leute klatschen, als das Lied zu Ende war, sah, wie Leanders Augen durchs Publikum glitten, und einen wilden verzweifelten Moment lang dachte ich wirklich, dass er mich suchte. Dass es ihm leidtat, dass er sich wieder darauf besonnen hatte, wer wirklich zu ihm gehörte. Doch dann sah er jemanden in der ersten Reihe an und ich wusste, dass sie dort stand. Er zwinkerte ihr zu, dann schlug er ein paar Takte an, die Band begann ein neues Lied.

Ich starrte in das grelle Zucken der bunten Lichter, bis mir die Augen tränten. Rot für Schmerz. Blau für Traurigkeit. Und gleißendes Weiß für meinen Hass auf Vanessa.

5

Juni

Das Auto fährt langsam, schleicht richtig durch die Straßen. Die beiden haben getauscht, jetzt fährt der andere. Sie murmeln da vorn so leise miteinander, dass ich sie kaum verstehe. Nur einzelne Wortfetzen dringen an mein Ohr. Von Angie ist da die Rede, aber ich habe das dumpfe Gefühl, dass es nicht um ein Mädchen geht. Und von Geld, von einem Typen namens Ras und von Leuten, die irgendetwas bereuen werden. Meinen sie mich damit?

In der Schule hatten wir mal einen Kurs in Selbstverteidigung. Man hat uns ein paar Tritte und Griffe gezeigt und uns eingebläut, auf jeden Fall ganz laut »Nein« oder »Hau ab« zu schreien, wenn man angegriffen wird. Das würde so manchen Angreifer schon in die Flucht schlagen. Was man tun soll, wenn man aus eigener Blödheit zu einem Typen ins Auto gestiegen ist, weil Leander das angeblich so gewollt hat, und wenn man dann feststellt, dass man auf den ältesten Trick der Welt reingefallen ist, das haben sie uns nicht gesagt. Wahrscheinlich haben sie nicht gedacht, dass jemand so dumm sein könnte.

Ich blicke aus dem Fenster. Wir fahren langsam

genug, dass ich mich bemerkbar machen kann, wenn ich irgendwen sehe. Ich könnte ein Zeichen geben, dass jemand das Nummernschild aufschreibt, die Polizei anruft, was auch immer. Einmal müssen wir ja mal an eine Ampel kommen.

Da! Wir bleiben an einer Kreuzung stehen und neben uns hält ein Auto an, ein Prius. Leute, die Prius fahren, sind aufmerksam und umweltbewusst, ich schreie innerlich vor Erleichterung. Vorsichtig sehe ich hinüber. Am Steuer sitzt eine Frau. Dreh dich um, flehe ich sie stumm an. Dreh dich um! Sie dreht sich nicht um. Wir fahren los, wir sind schneller als sie, zum Glück. Ich habe ein paar Sekunden, in denen sie hinter uns ist, um ihre Aufmerksamkeit zu erregen. Jetzt! Ich presse mein Gesicht an die Scheibe, mein Mund formt ein lautloses »Hilfe«, ich winke, ich deute mit der linken Hand nach hinten auf unser Nummernschild, ich halte meine Hand wie einen Telefonhörer ans Ohr, um ihr zu zeigen, dass sie die Polizei anrufen soll. Endlich nimmt sie mich wahr. Sie ist ungefähr siebzig. Sie lacht und winkt mir freundlich zurück.

Der Albino dreht sich zu mir um, seine Augen hinter den starren schwarzen Scheiben verborgen. »Ts, ts, ts«, macht er und droht mir mit dem Finger. Dann grinst er und sieht dabei aus wie ein Totenkopf.

6

April

Die nächsten zwei Wochen waren die Hölle. Ich heulte mich bei allen aus – bei Tine, die mir versicherte, dass Vanessa eine saudumme Kuh war, bei meiner Mutter, die mich zu trösten versuchte, mir einen Gutschein für meinen Lieblingsladen schenkte und Pfannkuchen backte, bei Nadine und Julia, die sich solidarisch zeigten, und sogar bei Frau Pfeifer, unserer Deutschlehrerin, die sich erkundigt hatte, ob bei mir alles in Ordnung war.

»Das wird schon wieder«, tröstete sie mich. »Die erste Liebe hält doch meistens nicht, bestimmt lernst du bald jemand Neues kennen.«

Ich nickte und starrte dabei auf den Kreidefleck auf ihrem Rock, sah ihre geschwollenen Beine und ihre mit Verzweiflung auf jung getrimmte Frisur. Frau Pfeifer meinte es gut, aber sie war über fünfzig und hatte einen Mann zu Hause, der wie eine Kreuzung zwischen Homer Simpson und einer alten Ledertasche aussah – was verstand die schon von Liebe?

Ich versuchte mehrmals, Leander anzurufen, aber er ging nie ans Telefon – so viel zum Thema Freunde bleiben und noch mal in Ruhe reden. Und ich verstieg mich in Fantasien: erst darin, dass Vanessas Familie auf einmal wegziehen musste, nach Australien am besten, dann darin, dass sie auf einmal alles verloren und Hartz-IV-Empfänger wurden. Dann wurde ich rabiater: dass ihr die Haare ausfielen, Akne über sie einbrach, dass sie fett wurde. Und zu guter Letzt, dass sie einen Unfall hatte und monatelang im Bett liegen musste. Ich schämte mich unendlich, aber ich konnte es trotzdem nicht abstellen. Am schlimmsten war es in der Schule, wenn ich, so wie heute, nach dem Unterricht im Bioraum oben am Fenster stand und hinunter in die Grünanlagen sah. Dort lungerten sie alle herum – Leander, Vanessa, Gregor, Hendrik, Sarah und Moritz. Sie quatschten, lärmten, lachten wie immer. Nur mit dem Unterschied, dass Vanessa jetzt an meiner Stelle mit von der Partie war und Leander ganz offensichtlich nicht die Finger von ihr lassen konnte.

»Sie hat ihn verhext, sieh dir das doch nur mal an«, sagte ich wütend zu Tine, die neben mir am Fenster stand. Nadine und Julia traten neugierig hinzu.

»Die liebt ihn doch niemals. Sie kennt ihn ja kaum. Leander gehört zu mir, warum nimmt sie ihn mir weg?« Meine Finger zwirbelten an dem albernen Plüschanhänger herum, den Leander mir mal auf dem Rummel geschossen hatte und der seitdem an meiner Tasche baumelte. Unten küsste Leander Vanessa auf den Mund. Ich riss den Anhänger ab und klatschte ihn mit Wucht an die Wand.

»Mensch, Lena!«, sagte Nadine erschrocken. Sie wechselte einen kurzen Blick mit Julia.

»Vanessa hat alles, was sie will«, verteidigte ich mich. »Sie kann jeden Kerl haben, der in dieser Stadt rumläuft. Warum muss sie ausgerechnet meinen Freund klauen?« Tränen stiegen mir in die Augen.

»Ich weiß noch, dass Leander irgendwann mal gesagt hat, dass er niemals was mit Vanessa anfangen würde, auch wenn alle anderen sie so toll finden. Sie sei ihm viel zu sehr Mainstream.« Tine stockte kurz. »Das war, als er in dich verknallt war. Er meinte dann wohl, Vanessa sei wie ein Hollywood-Blockbuster und dass er lieber interessante Indie-Filme sieht.«

Es tat gut und gleichzeitig weh, das zu hören. *Ich* war der Indie-Film. Aber mit dem Hollywood-Blockbuster konnte man im Endeffekt eben doch mehr Eindruck schinden.

»Wahrscheinlich wollte sie sich beweisen, dass sie ihn rumkriegt. Gerade weil er das gesagt hat. Darum geht es ihr. Bestimmt hat sie ihn bald satt. Außerdem hat sie doch gar keine Zeit für einen Freund mit ihren tausend Hobbys und Wettkämpfen.«

»Meinst du?« Ich klammerte mich an Tines Worte und wünschte mir so sehr, dass sie recht hatte. Andererseits wusste die ganze Schule mittlerweile, wie sehr Vanessa angeblich in Leander verliebt war. Sie erzählte es ja höchstpersönlich überall herum.

»Na klar. Jetzt komm mit runter, versteck dich doch nicht so. Es gibt noch andere Jungs auf der Welt.«

»Nein!«

Tine warf mir einen merkwürdigen Blick zu. Sie war kleiner als ich und sah mit ihren großen blauen Augen immer so jung aus, jetzt aber wirkte sie wie eine strenge große Schwester. »Lena, nimm es mir nicht übel, aber findest du nicht, dass du ein bisschen übertreibst?«

Julia mischte sich auch noch ein. »Du kannst es nicht ändern, nun lass die beiden doch.«

Nadine schob sie weg. »Wir gehen schon mal vor«, erklärte sie.

»Ist doch wahr«, hörte ich Julia vor der Tür noch leise sagen. »Lena macht sich total fertig, wegen so einem Scheißtypen.«

Was Nadine erwiderte, hörte ich nicht mehr, aber es klang abfällig. Für Nadine war Liebeskummer etwas Lächerliches. Die beiden hatten doch keine Ahnung. Selbst noch nie einen Freund gehabt, aber gute Ratschläge geben. Vor allem Julia. Die immer an Nadine hing wie eine Klette, ihr dauernd nach dem Mund redete und bei der geringsten Kleinigkeit in Tränen ausbrach.

»Ich hasse Vanessa«, sagte ich jetzt zu Tine. »Sie ist eine fiese, heuchlerische, widerliche …« Mir fehlten die Worte.

»Lena, sie ist eine eingebildete Streberin mit zu viel Geld. Du benimmst dich, als ob sie ein Dämon wäre.«

»Vielleicht ist sie das ja auch.« Irgendetwas war falsch an Vanessa, ich konnte es förmlich riechen.

Den anderen konnte sie ja sonst was vormachen, aber ich nahm ihr einfach nicht ab, dass sie wirklich in Leander verknallt war. Immer wieder erinnerte ich mich an ihren Blick nach dem Unfall. Lauernd und abschätzend. Voller Vorfreude. Voller Jagdfieber.

»Also, ich …« Tine schielte auf ihre Uhr.

»Musst du auch schon weg?«

»Na ja. Ich hab noch das blöde Referat in Bio und dann heute Abend ist doch …« Sie stockte. Drehte die einzige lange und rosa gefärbte Haarsträhne an ihrer linken Seite zwischen den Fingern.

»Tine?« Eine unangenehme Vorahnung kroch in mir hoch.

»Die Party … also keine richtige Party, ein paar Leute wollen sich treffen und ich dachte, ich guck da mal vorbei und …«

»Party. Bei wem denn?« Mir hatte keiner was gesagt. Oder hatte ich es nur nicht mitbekommen?

Tine nahm ihre Tasche und wandte sich zum Gehen. »Bei Vanessa«, presste sie dann heraus.

»Wie bitte? Da willst du doch nicht wirklich hin, oder? Tine, tu mir das nicht an!«

»Aber Gregor wird dort sein.« Sie sah mich mit einem gequälten Gesichtsausdruck an.

»Scheiß auf Gregor«, rief ich wütend. »Der ist doch jetzt egal!«

»Ach, ist er das? Und wieso sind meine Gefühle weniger wichtig als deine, hm?« Tines blaue Augen funkelten trotzig. »Zufällig war es Gregor, der mich gefragt hat, ob ich mitkomme. Er hat mich endlich mal gefragt! Da kann ich doch nicht Nein sagen, nur, weil du Liebeskummer hast.«

Wir schweigen beide. Natürlich hatte sie ein Recht auf die Party. Ich konnte ihr das ja nicht verbieten. Und trotzdem … Ich hatte nicht nur Liebeskummer. Man hatte mir den Boden unter den Füßen weggerissen!

»Ich kann für dich spionieren.« Sie lächelte unsicher. »Leander erzählen, wie sehr du ihn vermisst.«

»Mach das«, erwiderte ich tonlos. »Viel Spaß.«

Als sie weg war, hob ich den Anhänger wieder vom Fußboden auf und küsste ihn wild. Ein Junge aus der Zehnten guckte kurz zur Tür herein, zog ein erschrockenes Gesicht und verschwand gleich wieder. Unten zerstreute sich die Gruppe langsam.

Ich kramte mein Handy raus und ging auf Facebook. Vanessa war dort meine »Freundin«, wie lächerlich. Wie 280 andere Leute, von denen ich nur die Hälfte kannte und die mich nicht interessierten. Tatsächlich, da war eine Einladung: *Party time @ the Klinger house!* Eingeladene Personen: 74. Zusagen: 49.

Von wegen ein paar Leute … Tine war so eine schlechte Lügnerin. Ich klickte den Link unter dem Foto einer strahlenden Vanessa an. *Als Freundin entfernen.* Und Tschüss!

In meiner ersten Wut wollte ich Leander ebenfalls entfernen, doch dann würde ich gar nichts mehr über ihn erfahren. Auf den meisten seiner Fotos war er mit mir zu sehen und ich konnte es kaum ertragen, sie anzuschauen. Mein Lieblingsfoto war auch dabei, ich trug darauf meinen blauen Winterpulli und wir kuschelten uns aneinander. Der Pulli … Der war noch bei Leander. Ich sprang wie elektrisiert auf. Unten trennten sich Leander und Vanessa gerade mit einem nicht enden wollenden Kuss. Sie gingen also nicht zusammen nach Hause. Dann würde ich mir meinen Pulli jetzt holen. Und wenn ich einmal da war, musste Leander ja mit mir reden.

Seine kleine Schwester machte mir die Tür auf.

»Hey, Kimmy«, sagte ich. »Lange nicht gesehen, was?«

Sie nickte ernst. »Leander hat gesagt, du kommst jetzt nicht mehr. Das ist schade.«

»So? Hat er das?« Ich nestelte nervös an meiner Kette herum. »Na, jetzt bin ich ja da. Holst du ihn mal?«

»Leander ist nicht zu Hause.«

»Ach.« Damit hatte ich nicht gerechnet. Wo war er?

»Aber du kannst mit mir spielen. Willst du meinen neuen Barbie-Campingwagen sehen? Der hat sogar einen Whirlpool.«

»Klar.« Und schon war ich drin im Haus. »Bist du denn alleine?«

»Die Oma ist eingeschlafen. Soll ich sie wecken?«

»Nein, nein.« Mir kam eine Idee. »Weißt du was, Kim, ich warte oben in seinem Zimmer auf ihn, okay?«

Das kleine Mädchen zog die Stirn kraus und überlegte. »Und der Campingwagen?«

»Den schaue ich mir hinterher an.« Plötzlich

brannte ich darauf, in Leanders Zimmer zu kommen, mich auf sein Bett zu legen und mir vorzustellen, es wäre alles noch wie früher.

»Na gut. Aber du musst es mir versprechen.«

»Ich verspreche es dir.« Ich hob feierlich die Hand, dann flitzte ich die Treppe hoch in Leanders Zimmer und schloss die Tür hinter mir.

Es sah anders aus hier drin. Er hatte aufgeräumt. Und ein neues Poster an die Wand gehängt, irgendeine Band mit bildschöner Geigerin in seltsam mittelalterlichen Klamotten. Eindeutig Vanessas Geschmack. Auf seinem Nachttisch lag ein weißes Buch. Gedichte. Auch Vanessas, da hätte ich wetten können. Ein Lippenstift stand auf dem Fensterbrett, und als ich auf den Boden sah, entdeckte ich noch etwas. Ein rosa Tank-Top, zusammengeknüllt. Ausgezogen und weggeschleudert? Ich hob es mit spitzen Fingern hoch. Ein leichter Geruch nach Karamell stieg auf und ich ließ es wieder fallen, als hätte ich mich verbrannt. Dann fiel mir etwas Besseres ein – ich nahm den Alleskleber von seinem Schreibtisch und quetschte den Inhalt in das Top. Sofort ging es mir besser. Jemand kam die Treppe hoch, ich hörte Kims quengelnde Stimme und auf einmal stand Leander in der Tür.

»Was machst *du* denn hier?«, fuhr er mich an.

»Leander«, stotterte ich erschrocken. Ich schielte hinter ihn. Er war alleine, Gott sei Dank.

»Kimmy hat mich reingelassen, ich wollte nur meinen Pullover holen, den blauen, du weißt schon.«

Er zog eine Schublade auf und reichte mir den Pulli. »Das hättest du mir doch einfach sagen können.«

»Klar«, erwiderte ich. »Wir reden ja auch jeden Tag am Telefon. Wir sind ja jetzt supergute Freunde.«

Seine unnahbare Fassade bekam einen Riss. »Hör mal, Lena, es tut mir echt leid, das hab ich dir schon gesagt. Es ist … doof gelaufen.«

»Doof gelaufen? Du hast unsere Beziehung von einem Tag auf den anderen zerhackt wie ein Stück Holz!«

Er sah auf einmal müde aus. »Gegen seine Gefühle ist man nun mal machtlos.«

»Du sagst es.« Plötzlich konnte ich nicht anders, ich trat auf ihn zu und fiel ihm um den Hals. Eine Sekunde lang war alles so, wie es sein sollte. Ich presste meine Wange an seine, küsste seinen Hals, atmete seinen Geruch ein. Und für einen kurzen Moment gab er nach, drückte mich ebenfalls, lehnte seine Stirn an meine, wischte mir eine Träne weg. Dann war es vorbei.

»Lieber nicht, Lena«, sagte er leise. »Es hat keinen Zweck. Ich bin jetzt mit Nessa zusammen. Sie ist …«

»Vanessa interessiert mich nicht. Ich wünschte, es würde sie gar nicht geben«, fuhr ich ihn an.

»Hey, hey«, machte er und hob abwehrend die Hände. »Immer schön ruhig bleiben.«

»Leander?« Kim rief ihn von unten.

Er öffnete die Tür und steckte den Kopf raus. »Was ist denn?«

45

»Lena soll meinen Campingwagen ansehen.«

»Jetzt nicht.«

Während er mit seiner Schwester redete, griff ich mir wie ferngesteuert an den Hals, öffnete meine Kette und ließ sie blitzschnell in meine Hand und dann auf den Boden gleiten. Mit dem Fuß schob ich sie unter Leanders Bett.

Jetzt hatte ich zwar keine Glückskette mehr, doch dafür einen Grund, noch mal hierherzukommen. Leander mochte unsere Beziehung mit dem Hackbeil amputiert haben. Aber ich hatte immer noch Phantomschmerzen.

Draußen auf der Straße quollen mir die Tränen heraus und außerdem blendete mich die Sonne so sehr, dass ich einen Moment lang fast orientierungslos war. Wie betäubt ging ich nach links, dabei hätte ich doch rechts abbiegen müssen, um zur Bushaltestelle zu gelangen. Vor einem Gartentor kam ich zur Besinnung und hielt an.

»Lena?«

Wer rief mich da? Eine Mädchenstimme? Ich drehte mich erstaunt um. Sarah kam mir entgegen, eine Plastikdose und einen Fön in der Hand. »Was machst du denn hier?«, fragte ich sie, genau wie Leander mich vor wenigen Minuten gefragt hatte.

»Na, ich wohne hier«, antwortete sie. »Also besser, hab gewohnt. Jetzt wohne ich ja bei Moritz. Das ist mein Elternhaus. Habe gerade meinen Fön geholt, Moritz hat nur so ein vorsintflutliches Ding, das ganz laut röhrt.« Sie rollte mit den Augen und blies sich die Haare aus dem Gesicht. Ihre Haarspange, ein mit kitschiger Seidenrose besetztes Teil, hatte sich gelöst, aber Sarah hatte keine Hand frei, um sie wieder festzuklemmen.

Ich nickte nur schwach. Wenigstens hatte sie noch ihren Freund.

»Geht es dir gut?«, fragte sie mitfühlend. »Du siehst so fertig aus. Ist es wegen …« Sie senkte die Stimme, als ob sie von einem Toten redete. »Leander?«

Ich hatte Sarah noch nie sonderlich gemocht, aber ich war froh, dass ich jemandem mein Leid klagen konnte. »Es tut so verdammt weh«, sagte ich. »Wenn man so Knall auf Fall ersetzt wird. So ohne Grund.«

»Schrecklich.« Sarah schüttelte sich unbehaglich. »Aber es ist halt Nessa …«

Es regte mich total auf, wie sie das sagte. Als ob Vanessa eine Art Naturgewalt war, gegen die man nichts ausrichten konnte!

Sarah hatte wohl meinen Blick richtig interpretiert, denn sie fügte hastig hinzu: »Ich meine – sie ist Tänzerin. Und Musikerin. Und könnte Model sein und will Ärztin ohne Grenzen werden und so.« Sie zog hilflos die Schultern hoch. Was sie eigentlich meinte, war: *Und du nicht. Du bist nur ein 08/15-Mädchen, was wunderst du dich denn da?*

»Dann viel Spaß bei der Party heute.« Ich musste weg von ihrem blöden Gequatsche. Von dieser albernen Rose, von der Tupperdose in ihrer Hand. Wieso hatte Vanessa sich nicht Moritz geschnappt? Sarah hätte es wahrscheinlich nicht mal gemerkt …

»Kommst du auch?«

»Nein. Ich komme nicht«, erklärte ich geduldig. »Die Party ist bei Vanessa, schon vergessen?«

»Ach so, ja. Aber zur Walpurgisnacht kommst du doch nächste Woche, oder? Oben an den Felsen? Die machen Lagerfeuer und so was.«

»Mal sehen.« Ich zwang mich zu einer freundlichen Miene. Sarah konnte ja nichts dafür. »Aber nur, wenn die Hexe Vanessa nicht kommt. Sonst landet sie noch aus Versehen im Feuer.« Ich verzog meinen Mund zu einem ironischen Lächeln, aber Sarah zuckte nicht mal mit dem Mundwinkel. Sie sah mich entsetzt an.

»War ein Witz.« Ich winkte ab. Sarah ging offenbar zum Lachen in den Keller.

Ich lief die Straße wieder zurück, jetzt musste ich wohl oder übel noch mal an Leanders Haus vorbei. Dort hielt gerade ein silberner Audi, Vanessa stieg auf der Fahrerseite aus, ihr Vater auf der anderen. Begleitetes Fahren in Papis Auto? Ich huschte instinktiv hinter einen Forsythienbusch. Um nichts in der Welt wollte ich jetzt dort vorbeilaufen.

Sie lachten über irgendetwas, ihr Vater setzte sich jetzt hinters Steuer, Vanessa rief: »Tschüssi, Dad« und lief flink die Treppe zu Leanders Haustür hoch, wo dieser schon ungeduldig wartete. Die beiden fielen sich um den Hals, während sich die kratzigen

Zweige des Busches wie tausend kleine Messer in mich bohrten. Der Audi fuhr weg, Vanessa trat ins Haus und ich kroch aus meinem Versteck hervor. Und plötzlich, als ich schon wieder ungeschützt auf der Straße stand, drehte sie sich noch einmal in der Tür um.

Und grinste mich an.

7

April

»Sie haben sich gestritten, wenn ich es dir doch sage!« Tines Stimme schnappte bald über vor Freude. Sie klang in meinen Ohren wie herrlichste Musik.

»Wirklich?« Meine Hand zerquetschte bald das Handy an meinem Ohr vor Aufregung.

»Ja. Den ganzen Abend lang. Also, fast den ganzen Abend lang. Im Haus noch nicht. Du, die haben ein Hammer-Haus, das glaubst du nicht. Mindestens zwanzig Zimmer und dann so einen Raum unten mit Billardtisch und Bar und so.«

»Ja, ja, toll«, unterbrach ich sie ungeduldig. »Und was ist jetzt mit dem Streit?«

»Das will ich doch gerade erzählen. Also erst waren wir alle im Game-Room, so nennt die das, da war noch alles okay. Und dann sind wir raus in den Garten, die haben da so eine Feuerstelle und einen Pool haben sie auch, hab ich das schon erwähnt?«

»Der Streit.« Konnte Tine sich vielleicht mal von der Erinnerung an Vanessas Protzbude losreißen?

»Bei der Feuerstelle im Garten ging es dann los«, fuhr sie fort. »Nessa war kurz weg, und als sie wieder-

50

kam, hat sie so gegrinst und mit ihm, also Leander, getuschelt, und da hat er ein total saures Gesicht gezogen. Und dann ging es dauernd hin und her. Er hat immer gesagt: ›Hör doch mal auf mit dem Scheiß‹ und sie hat gelacht, aber irgendwann hat es ihr gereicht und sie hat ihn angeschrien.«

»Was hat sie geschrien?«, fragte ich drängend.

Tine druckste herum. »Na ja.« Sie räusperte sich. »Es hatte mit dir zu tun.«

»Sie haben sich wegen mir gestritten?« Konnte es eine bessere Neuigkeit geben?

»Nein, also sie hat nur gesagt: Dann geh halt wieder zurück zu Psycho-Lena.«

»Wie?«, fragte ich perplex. Dann dämmerte es mir. Psycho-Lena – das sollte ich sein? »Wie nennt die mich?«

»Psycho«, erwiderte Tine kleinlaut. »So nennen dich ein paar andere auch.«

»Was?« Blut schoss mir vor Scham in den Kopf, gleichzeitig wallte Empörung in mir hoch. »Spinnt die?«

»Es ist, weil … Ich hab es dir ja gestern schon gesagt. Du musst mal ein bisschen aufpassen, was du so über Nessa erzählst. Du hörst dich echt ein bisschen irre an, Lena. Dass sie 'ne Hexe ist, die du verbrennen willst und so.«

»So ein …« Ich verstummte. Sarah, diese blöde Ziege! »Tine, das war ein Witz, das hab ich gestern zu Sarah gesagt. Die hat so viel Humor wie eine Kartoffel, das weißt du doch selbst.«

»Ja, ich weiß. Aber Leander hat es auch bestätigt. Dass du dir wünschst, sie wäre tot oder so was.«

»Ich wünschte, es gäbe keine Vanessa, habe ich gesagt. Das ist ja wohl was anderes.« Herrgott noch mal!

»Aber es kommt doch auf dasselbe raus. Und Vanessa hat erzählt, dass du ihre Klamotten versaut hast, dass du dich bei Leander ins Haus geschlichen hast und dass du sie stalkst.«

Ich lachte. Es fing als hysterisches Gurgeln an, rollte meinen Hals hoch und brach als ein Gemisch aus Gelächter und Schluchzen aus mir raus. Ich konnte mein Spiegelbild in der Fensterscheibe sehen. Die Wimperntusche leicht verschmiert, weil ich in letzter Zeit so oft heulte, die Haare wild, das Gesicht bleich, die Augen aufgerissen, einen verzweifelten Zug um den Mund. Ich sah komplett irre aus. Kein Wunder, dass sie sich über mich lustig machten. Ich musste mich zusammenreißen, Tine hatte recht.

»... sie hat noch Witze gemacht, dass sie dir über ihren Vater einen guten Psychodoktor besorgen kann und so«, berichtete Tine unterdessen weiter. »Da hat Leander dann gesagt, sie soll aufhören.«

Na bitte. »Und dann?«

»Na ja, so ein Typ hat rumgeulkt, dass er ihr Bodyguard sein könnte, falls du sie attackierst, und sie meinte, dass sie mal lieber Karate lernen sollte und ... ach, das willst du gar nicht wissen.«

Ich wollte schon wieder davon anfangen, was für

eine widerliche Kuh Vanessa war, aber ich riss mich zusammen.

»Und Leander? Haben sie sich wieder vertragen?«

»Nicht so richtig. Er war irgendwie den ganzen Abend ein bisschen angepisst und ist eher gegangen.«

Meine Laune besserte sich schlagartig. Zwischen den beiden herrschte miese Stimmung. Immer noch, wie es aussah. »Tine, du musst am Freitag mit zur Walpurgisnacht kommen. Versprichst du mir das?«

»Klar.« Sie kicherte jetzt. »Aber nur, wenn du keine Dummheiten machst.«

»Dummheiten?«

»Na ja. Vanessa stalken und so weiter. Du weißt schon.«

»Natürlich nicht.«

»Gregor kommt auch.«

Ach ja, ich hatte sie noch gar nicht nach ihm gefragt ... Was war ich nur für eine Freundin? »Toll. Wie ist es denn gelaufen?«

Ich hörte nur mit halbem Ohr zu, als sie mir von Gregor vorschwärmte.

Leander und Vanessa hatten sich gestritten. Ich würde ihn mir zurückholen. Vanessa würde sich noch umgucken.

8

April

Ein orangefarbener Schimmer flackerte schon von Weitem über der Lichtung an den Hexenfelsen und je näher man kam, desto lauter hörte man auch das Grölen und Lachen, das Flaschenklirren und die Musik. Die Luft war lau und roch nach verbranntem Holz, nach Gras, nach Gegrilltem. Von vorn am Waldrand erklang der leiernde Gesang irgendeiner mittelalterlichen Spielmannsgruppe. Um sie herum tanzten Leute, die als Hexen, Teufel oder undefinierbare Monster verkleidet waren. Ich traute meinen Augen kaum, das artete hier ja richtig zu einem Volksfest aus.

»Wer hat die denn eingeladen?«, fragte Tine entgeistert.

Einer schwenkte ein Beil. Er trug eine Art Henkersoutfit, mit schwarzer Kapuze und schwarzem Lederwams, und erschreckte Mädchen, die quiekend davonrannten.

»Die haben sich selbst eingeladen, denk ich mal.«

Wir blieben kurz stehen und schnappten nach Luft, denn der Anstieg hoch auf den Berg war ziemlich steil.

»Siehst du jemanden von uns?«, fragte Tine.

Ich blinzelte angestrengt. Es gab sogar zwei Feuer auf der Wiese, ein großes und ein kleines. Überall lungerten Grüppchen von Jugendlichen herum und in der Mitte der Wiese lehnte eine fast zwei Meter große Strohpuppe an einem Pfahl. Ich erkannte Julia und Nadine, sie standen bei einer Gruppe von Leuten. Als Julia zur Seite trat, entdeckte ich Leander und Moritz.

»Da vorn.« Ich zeigte in ihre Richtung. Meine Stimme klang merkwürdig brüchig. Wo war Vanessa?

»Los, komm.« Tine zog mich am Arm. »Augen zu und durch. Sei ganz cool und locker. Das sind doch auch deine Freunde, lass dich nicht von Vanessa vertreiben.«

Ich nickte stumm und setzte mich in Bewegung.

»Ihr Jungfern«, brüllte es von rechts. Der alberne Heini in seiner Henkerskluft. Er versuchte offenbar, seiner Stimme den marktschreierischen Sound des Mittelalters zu verpassen.

»Wollt ihr euch wirklich zu den tanzenden Hexen gesellen? Auf Hexerei steht der Tod auf dem Scheiterhaufen!« Er deutete auf die Feuer und die Strohpuppe. »Und dort wartet schon eine arme Ketzerin auf ihr Schicksal.«

Tine beäugte sein Lederoutfit und die nackten Beine. »Bist du jetzt Pornostar, oder was?«, fragte sie.

Wir lachten los.

»Den kenne ich, der geht in die Klasse von meinem Bruder«, sagte sie zu mir.

»Und was hat das Beil mit Walpurgisnacht zu tun?«, fragte ich.

Tine kicherte, wir liefen weiter.

»Lacht nur, ihr Jungfern«, schrie uns der Typ hinterher. »Seid heute Nacht auf der Hut, dass der Teufel nicht mit euch davonreitet.«

Wir rannten jetzt und hielten uns die Seiten, weil wir immer noch gackerten. Was für ein Spinner! Julia und Nadine hatten uns entdeckt und winkten, Moritz nickte uns zu, jemand rief »Huhu, Lena!« und das Beste von allem – Leander drehte sich um und lächelte mich an. Vanessa war nirgends zu sehen. Es war, als hätte jemand die Zeit zurückgedreht, Adrenalin rauschte mir durch den Körper und plötzlich erschien mir alles ganz einfach. Warum hatte ich mich so unterbuttern lassen? Was glaubte Vanessa eigentlich, wer sie war? Ich sah gut aus, ich hatte einen schrägen Humor, auf den Leander stand, ich war clever und fantasievoll und beliebt und ich setzte mich jetzt einfach neben ihn und lachte ihn an. »Na?«, sagte ich.

»Na?«, fragte er zurück. Seine Hand näherte sich auf einmal meinem Gesicht und machte an meiner Kette halt. »Neu?«, fragte er.

»Kann meine alte leider nicht mehr finden«, log ich. Ich wusste ja ganz genau, wo sie war. Sie lag immer noch unter seinem Bett.

»Sieht gut aus.«

»Danke.« Ich gab mir einen Ruck. »Wo ist denn Vanessa?«

Statt einer Antwort deutete er in Richtung Wald. Dort stand Vanessa mit einem Jungen, den ich noch nie an unserer Schule gesehen hatte. Er schien ihr irgendwas zu zeigen und legte dabei den Arm um sie.

»Aha«, sagte ich nur.

»Und? Was macht Mathilde?« Er grinste mich an.

Mathilde war meine Schildkröte, von der Leander stets behauptet hatte, sie sei schon längst tot und ich hätte es nur noch nicht gemerkt. »Lebt noch«, erwiderte ich und grinste zurück.

»Glaub ich nicht. Bist du sicher?«

»Ganz sicher.«

So einfach war das. Wir fingen an zu reden, als wäre nichts passiert. Es war wirklich fast wie früher, nur mit dem Unterschied, dass wir uns nicht berührten und dass dafür Gregor und Tine wie wild knutschten. Einmal sah Tine kurz mit seligem Blick zu mir hinüber, Nadine und Julia machten mir irgendwelche Zeichen und kicherten, Sarah und Moritz stritten sich wie immer, diesmal ging es darum, ob sie am nächsten Tag zum Geburtstag ihrer Oma gehen sollten oder nicht. Wie ein altes Ehepaar. Wie eh und je. Vanessa blieb verschwunden beziehungsweise ich konnte sie ab und zu irgendwo herumstolzieren sehen, aber sie sah kein einziges Mal zu uns, und obwohl Leanders Blick gelegentlich zu ihr flackerte, blieb er stoisch sitzen. Chris, der Sänger von den *Gargoyles*, tauchte auf und fing an, Gitarre zu spielen. Hauptsächlich Blues und Lagerfeuersongs und dann einmal auch eine akustische Version von *Weeks*. Ich war so glücklich, dass ich gar nicht mehr aufhörte zu strahlen. Ich fühlte mich großartig, ich brauchte keinen Alkohol, ich brauchte nichts zu essen, ich brauchte gar nichts, ich hatte alles, was ich wollte. Fast alles.

»Traust du dich?«, fragte Leander mich auf einmal. Er deutete auf das kleinere Feuer, das mittlerweile heruntergebrannt war. Ein paar Leute nahmen dort Anlauf und sprangen über die Glut.

Ich schnappte erschrocken nach Luft. »In Sandalen?«

»Wo ist denn die Lena hin, die tote Mäuse entsorgt und über Felsen klettert, hm?« Er stand auf. Hielt mir seine Hand hin. »Los komm.«

Die Maus. Ja, ich hatte mal eine tote Maus im Keller gefunden und zu Leanders absoluter Begeisterung einfach am Schwanz gepackt und in den Müll geschmissen. Ich stand wie ferngesteuert auf und ließ mich von ihm zum Feuer ziehen, seine warme Hand in meiner. Zwei Typen tanzten jetzt besoffen mit der Strohpuppe und der Henker hüpfte wie irre zwischen den Leuten herum. »Hexen tanzen mit dem Teufel«, schrie er. »Und Verliebte springen übers Feuer!«

Ich sah hoch. Hatte Leander das gehört? Er ließ sich nichts anmerken, drückte nur meine Hand. »Okay?«, fragte er. Ich nickte. Das große Feuer warf gespenstische Schatten, das kleine glühte scheinbar harmlos vor sich hin. Wenn ich ausrutschte oder zu

kurz sprang, würde ich mit meinen dünnen Gladia-
tor-Sandalen genau in der Glut landen. Kurz stieg
Panik in mir auf, dann war es zu spät. Leander rannte
los, ich rannte mit, wir nahmen Anlauf, sprangen
einen halben Meter vor der Glut beide gleichzeitig
in die Luft, rissen die Beine nach vorn und landeten
sicher auf der anderen Seite, wo wir strauchelten,
lachten, uns aneinander festhielten.

»Oh, Mann«, schnaufte ich erleichtert. Ich ließ ihn
immer noch nicht los, und dann tat ich das, was einfach die logische Konsequenz war. Ich stellte mich
auf die Zehenspitzen, zog seinen Kopf runter, sein
Gesicht zu mir heran, suchte seine Lippen mit meinem Mund und schloss die Augen.

Leander versteifte sich. Zuckte mit dem Kopf zurück und schob mich weg. »Lena, nicht.«

Ich öffnete meine Augen. Er wich meinem Blick
aus.

»Wieso?«, fragte ich.

»Weil ich mit Nessa zusammen bin, das habe ich
dir doch gesagt.«

»Ich dachte …« Sekundenlang hatte ich das Gefühl, in einen Abgrund zu fallen.

Er seufzte. »Ich fände es einfach gut, wenn wir
wieder Freunde wären, und ich hab wirklich gedacht, das hast du heute Abend kapiert.«

Ich raste immer noch den Abgrund hinunter.

»Hallo Lena«, sagte eine Stimme hinter mir.

Vanessa. Ich fuhr herum. Ihre Augen funkelten
spöttisch, ihre dunklen Haare glänzten im Schein

des großen Feuers und an ihren Ohren baumelten Silberblätter mit kleinen Federn darauf. Mit ein paar Schritten war sie bei Leander und legte ihm den Arm um die Hüfte. Leander zwinkerte unsicher und in diesem Moment verstand ich alles.

Er hatte nur mal wieder erleben wollen, wie das mit mir war. Der alten Zeiten wegen. Weil Vanessa gerade irgendwo herumtollte. Nie im Leben würde er eine Trophäe wie sie aufgeben, selbst wenn sie sich mit zwanzig fremden Jungs am Waldrand rumdrückte. Ein Ziehen begann tief in meinem Bauch, ich wollte mich irgendwo festhalten, aber da war nichts um mich herum. Nichts, außer Vanessas scheinheiligem Blick und Leanders betretener Miene. Wie ein alter, treuer Hund stand er neben ihr.

»Du machst dich total lächerlich«, sagte ich leise zu ihm. »Wach auf!«

»Wer sich lächerlich macht, das bist ja wohl du«, erwiderte er genauso leise.

Eine Stichflamme schoss in dem großen Feuer hoch und Hitze wehte zu uns herüber. Sie hatten dort die Strohpuppe ins Feuer geschmissen, wo sie sich kurz aufbäumte und dann zusammensackte.

Ich wich erschrocken zurück.

»Pass auf, dass du dich nicht verbrennst«, sagte Vanessa.

Der Henker stand neben dem Feuer, johlte begeistert und starrte aus den Löchern in seiner Kapuze geradewegs zu mir. »Eine Hexe ist schon tot«, schrie er triumphierend.

9

April

Ich fing einfach an zu rennen. Sah mich nicht um. Wo sollte ich jetzt hin? Zurück zum Feuer, zu den anderen, als wäre nichts geschehen? Auf keinen Fall. Einer der Teufel vom Spielmannstrupp vorhin torkelte mir in den Weg.

»Met?«, krächzte er und hielt eine Flasche hoch.

Ich nahm sie ihm aus der Hand, trank einen großen Schluck und dann gleich noch einen. Von wegen Met. Das war Wodka mit irgendwas Süßem.

»Prost!« Seine rote Kappe mit den kleinen Hörnern hing schief, er hatte ein Puddinggesicht und seine Zahnspange blitzte auf, als er rief: »Wir saufen den Met, bis keiner mehr steht«. Normalerweise hätte ich so einen Typen nicht mit der Kneifzange angefasst, aber heute war ja auch kein normaler Tag.

»Worauf trinken wir denn?«, fragte er und versuchte, seinen Arm um mich zu legen.

»Darauf, dass Vanessa Klinger sich heute Nacht zum Teufel schert«, antwortete ich sofort.

»Dagegen hätte ich nichts einzuwenden. Ich bin ja der Teufel!« Er lachte mit hoher Stimme. Dann beugte er sich vertraulich zu mir. »Mich will die aber nicht. Die eingebildete Ziege.«

Das wunderte mich allerdings überhaupt nicht.

»Wir könnten uns zusammentun, du und ich«, machte er weiter, seinen Mund mit den dicken Lippen so nahe an meinem Ohr, dass mich ein paar Spucketröpfchen ansprühten. »Dagegen hätte ich nichts einzuwenden.«

Ich ekelte mich vor ihm und drehte mich vorsichtig um. Leander und Vanessa standen immer noch eng umschlungen da. Das große Feuer mit den johlenden Leuten darum sah nun wirklich aus wie etwas aus dem Mittelalter. Das Flackern, das Geschrei – fehlte nur noch Pferdegetrappel und das Klirren von Kettenhemden. Und ich war der Hofnarr. Ich nahm noch einen Schluck, dann schob ich den Typen weg. Er brummte beleidigt irgendwas.

»Was ist denn los?« Nadine und Julia kamen auf mich zu.

»Vanessa ist los. Sie ist das Letzte.« Eigentlich, so berichtigte eine kleine Stimme in mir, war Leander ja genauso blöd gewesen. Und eigentlich gehörten auch zwei zu einer Beziehung, es war ja nicht so, als ob sie ihn gekidnappt hatte. Aber ich wollte die kleine Stimme nicht hören. Vanessa war in meinen Augen an allem schuld. Sie hatte alles kaputt gemacht.

»Jetzt reg dich nicht so auf.« Nadine winkte ab. »Das ist es nicht wert.«

»Genau«, kam es wie ein Echo von Julia. Sie hatte

sich ein Haarband in die dunkelblonden Haare ge-
bunden und sah mit ihrem runden Gesicht aus wie
Alice im Wunderland.

Ich schüttelte trotzig den Kopf. Der Hass auf Vanessa schwelte in mir und musste irgendwie betäubt
werden. Bier, Wein, irgendwas.

»Was er nur an der findet …«, sagte Nadine.
Manchmal ging mir ihre rationale Art auf die Ner-
ven, aber jetzt hätte ich sie umarmen können.

»An Vanessa?« Ich lachte freudlos und nahm mir
ungefragt Nadines Bierflasche. »Warum würde irgendjemand mit der zusammen sein wollen? Um ihr
blödes Gekicher zu hören? Um ihr Beifall zu klatschen und ihr wie ein Hund hinterherzudackeln?«
Ich schwenkte die Flasche, Bier spritzte raus und
sprühte auf Julia.

»Mann, pass doch auf!«, schimpfte sie und wischte
an ihrer Jacke herum. Etepetete Kuh.

Ich genehmigte mir noch ein paar Schlucke. Jetzt
war schon alles egal. Und außerdem fühlte ich mich
langsam besser. Mutiger. Streitlustiger.

»Ich hasse Vanessa, falls es dich interessiert«, fuhr
ich fort und ignorierte die verlegenen Blicke zwischen Julia und Nadine. Ein paar andere Mädchen
aus ihrem Volleyballteam kamen zu uns geschlen-
dert. Sehr gut, da hatte ich Publikum. »Ich hoffe, sie
rauscht durch das Abi. Ich hoffe, sie fährt Papis Audi
zu Schrott.« Meine Stimme wurde lauter. »Und ich
hoffe, es sagt ihr mal richtig einer die Meinung, nein,
noch besser«, ich machte ein paar unsichere Schritte

nach vorn, »sie fliegt bald mal so richtig auf ihre eingebildete Fresse!« Ich fühlte mich auf einmal großartig. *On top of the world, girl!*

Ich weiß nicht, wie lange ich weiter meine Reden schwang. Ich erzählte jedem, der es wissen wollte, was für eine blöde Kuh Vanessa war. Einige stimmten mir zu. Manche zeigten mir einen Vogel. Ein Mädchen aus der Realschule am Wenzelsplatz erzählte mir, dass Vanessa ihrem Bruder das Herz gebrochen hatte. Sie wollte unbedingt, dass ich ihn kennenlernte, damit wir uns gegenseitig aufmuntern konnten. Ich nickte höflich, aber ich wollte nicht über ihren Scheißbruder reden, sondern über mich und Leander, aber das Mädchen plapperte wie ein Wasserfall und ich schluckte meinen Frust mit Bacardi runter und mit Bier und mit allem, was ich kriegen konnte, bis ich mal musste und das Mädchen kommentarlos stehen ließ, um in den Wald zu gehen.

Zweige klatschten mir ins Gesicht, Brennnesseln peitschten gegen meine nackten Füße, egal. Das betäubte wenigstens den Schmerz, der in mir bohrte.

Redete da jemand in meiner Nähe? Es war hier stockfinster, das Feuer und die anderen nur noch ein Rauschen in der Ferne. Durch die Zweige sah ich etwas Helles, vielleicht eine Lichtung? Dort würde ich mich hinhocken. Ich wühlte mich durch das Unterholz, schützte mein Gesicht mit dem Arm, brach auf der Seite der Lichtung raus und blieb schwankend stehen. Was zum … Mein Herz setzte eine Sekunde lang aus.

Mitten auf der Lichtung im Mondschein stand Vanessa. Und vor ihr so ein seltsamer Kerl mit Glatze und Camouflage-Hose. Nicht von unserer Schule, eindeutig älter. Er hatte seinen Arm über Vanessa an einem Baum abgestemmt und flüsterte ihr gerade etwas ins Ohr. Dann warf er einen Blick über die Schulter zurück. »Geschlossene Veranstaltung.«

Das war der Hammer. Vorhin hatte sie mich vor Leander gedemütigt und jetzt machte sie hier im Gebüsch mit so einem Freak rum? Sie schien genauso überrascht wie ich. Und da war etwas in ihren Augen. Fast etwas Bittendes. Bat sie mich etwa still darum, ihr Techtelmechtel nicht zu verraten?

Ich fing an zu lachen.

Der Camouflage-Typ nahm jetzt seinen Arm herunter. »Hörst du schwer?«

»Ich höre nicht schwer«, schnappte ich. »Ich bin auch nicht blind. Ich mag ja Psycho-Lena sein«, das galt Vanessa, »aber ich bin weder blind noch taub noch blöd. Weiß Leander, was du hier machst?«

»Hau ab«, sagte der Typ. Vanessa sagte gar nichts.

»Du hast ihn nicht verdient. Er ist viel zu gutmütig, um dich zu durchschauen. Aber ich weiß, was du bist, Vanessa. Eine falsche Schlange.« Ich redete mich warm. Endlich konnte ich ihr mal die Meinung sagen. »Ich hasse dich, weißt du das? Und irgendwann wird Leander dich auch hassen!«

Der Typ fing an zu lachen. Es klang, als ob jemand Kieselsteine auf ein Blech fallen ließ.

Warum lachte der so blöd? Warum sagte Vanessa

nichts? Sie starrte mich nur mit ihren rehbraunen Lügenaugen an.

Meine Blase drückte wie verrückt. Ich drehte mich ohne ein weiteres Wort um und stolperte durch den Wald, hockte mich irgendwohin kippte beim Pinkeln beinahe vornüber, rappelte mich wieder hoch und begab mich zurück auf die Wiese mit dem Feuer. Wo waren die alle? Tine und Gregor steckten die Köpfe zusammen, Leander war weg, Nadine und Julia hatten irgendwelche Jungs aufgerissen, Julia lachte gerade künstlich und Nadine machte einen auf cool und überlegen. Ich stürzte mich daher einfach ins Gewühl – tanzte, lachte, trank noch mehr, suchte Leander mit den Augen und fand ihn nicht, Vanessa ebenso wenig. Waren sie nach Hause gegangen?

»Da bist du ja wieder.« Vor mir stand der Teufel, allerdings mittlerweile ohne Hörner, dafür mit lauter Flecken auf dem roten Kostüm. Er wirkte jetzt völlig nüchtern, seine Augen huschten nervös hin und her, das schwammige Gesicht zierte ein böser roter Kratzer.

»Willst du dich mit mir da hinten ans Feuer setzen?«

»Mit dir?« Der schien irgendwie zu glauben, dass uns etwas verband. Das Band der Ungeliebten oder so. »Nee, danke.«

»Warum nicht? Bin ich dir auch nicht gut genug?« Jemand stieß ihn von hinten, er prallte an mich und nutzte die Gelegenheit rasch, mich linkisch zu umarmen. Jetzt reichte es mir aber. »Hau ab!«

»Drink?« Ich sah hoch. Der Camouflage-Typ. Jetzt war er ganz freundlich. »Sorry wegen vorhin«, sagte er nur.

Der Teufel trollte sich endlich.

»Bin manchmal ein bisschen ruppig.« Der Camouflage-Typ reichte mir einen Becher und ich konnte sehen, dass er einen tätowierten Finger hatte.

Der Drink war warmer Weißwein, der schal und sauer schmeckte. Ich kippte ihn trotzdem runter und verzog kurz das Gesicht. Das würde mein letzter sein. Wahrscheinlich hatte ich sowieso schon zu viel intus, ich konnte kaum noch gerade laufen.

»Was'n das?«, fragte ich und deutete auf die Tätowierung, irgendein Insekt. »Mistkäfer?« Ich lachte.

Der Typ zog mich plötzlich an sich. »Ein Skarabäus«, flüsterte er in mein Ohr.

Ich schob ihn irritiert weg und ging weiter. Fehlte noch, dass der mich auch noch anfasste. Ein Abend für die Tonne, warum war ich überhaupt hierhergekommen?

Das große Feuer war mittlerweile fast runtergebrannt, jetzt fiel mir auf, wie dunkel das hier war. Die Bäume schienen immer näher zu rücken, die schwarzen Äste wie Arme ausgestreckt. Ich setzte mich alleine ins Gras, mir war ein bisschen übel. Ich hatte echt zu viel getrunken, viel zu viel. Und kalt war mir. Wahnsinnig kalt. Ich schleppte mich zum Feuer, um mich aufzuwärmen, und dachte gerade, dass ich jetzt einfach nach Hause gehen sollte, als ich sie sah. Zwei Hexen. Sie sahen schrecklich aus, mit widerlichen, wie von Säure verätzten Gesichtern. Das waren keine Masken. Das war echte Haut. Sie kamen aus dem Wald gekrochen, geradewegs auf mich zu. Mir brach trotz der Kälte der Schweiß aus. Was ging hier vor? Ich blinzelte, aber sie waren immer noch da. Mal schienen sie näher zu kommen, dann entfernten sie sich wieder. War ich denn total besoffen oder war das irgendein Partygag? Niemand sonst schien sie zu bemerken. Das machte mir Angst. Ich versteckte mich schnell hinter einem breiten Rücken, jemand sagte etwas zu mir, das ich nicht verstand, jemand prallte an mich, jemand schrie, offenbar hatten andere die Hexen jetzt auch entdeckt. Das hieß, sie waren echt. Ich hatte keine Ahnung, was Walpurgisnacht eigentlich war. Hatten wir die Hexen irgendwie heraufbeschworen? So ein Quatsch, rief eine kleine Stimme in mir, aber die Angst und der Horror wurden immer größer. Ich stolperte voller Panik vom Feuer weg, ich schwitzte jetzt wie verrückt. Noch etwas fiel mir auf. Wo waren die ganzen Leute auf einmal hin? Die Wiese war so leer, nur hier und da huschten noch vereinzelte Schatten herum. Ich versuchte zu rennen, aber ich kam nicht voran, es war, als ob mich etwas festhielt. In meinem Magen rumorte es, mein Kopf dröhnte, der Waldboden kam auf mich zu und glitt wieder weg, etwas Ekliges kroch meinen Hals hoch und Spucke lief mir aus dem Mund. Ich fiel hin, stand wieder auf und blickte geradewegs in das vermummte Henkergesicht.

»Wir brauchen noch eine Hexe«, kreischte er und

zerrte an mir. »Ins Feuer mit ihr!« Höhnische Fratzen tauchten neben ihm auf, sie schienen in der Luft zu schweben. Eine Hand schob sich vor mein Gesicht, zeigte mir ihre rot verbrannte Haut. Ich winselte und rannte los. Ich rannte und hinkte und kroch, hörte gellende, unmenschliche Schreie, wahrscheinlich hatten sie jemand anderes gefunden und ins Feuer geschmissen. Weg hier. Weg hier. Zum Felsen, da fing der Weg an. Zu den Felsen …

Dann wurde es schwarz.

In meinem Mund war Erde. Ich öffnete ein Auge, das andere war irgendwie verklebt. Alles in mir brüllte vor Schmerz und Übelkeit. Brüllte wahnsinnig laut. Ich tastete blind um mich, richtete mich auf. Waldboden. Gras. Tannenzapfen. Heller Himmel. Meine Glieder wie Sandsäcke. Und dann dieses Gebrüll in mir. Nein, nicht in mir, draußen. Da vorn, beim Weg. Ich richtete mich schwerfällig auf. Wieso um alles in der Welt lag ich hier am Waldrand auf dem Boden herum? Es war, dem Himmel nach zu urteilen, schon längst früher Morgen. Und warum schrie da jemand so dermaßen laut? Vage erinnerte ich mich an etwas Schreckliches, etwas, das ich gesehen hatte, bevor es dunkel wurde. Ich fröstelte, schlang meine Arme um mich, lauschte, versuchte, dem Geschrei einen Sinn zu entnehmen. In diesem Moment hörte ich es.

»Sie atmet nicht mehr! Scheiße, sie atmet nicht mehr.« Und noch mal voller Panik. »Oh, verdammt, Hilfe!«

10

Juni

Wir halten endlich an. Vor einem dieser Abrisshäuser bei den Industrieanlagen, ganz in der Nähe der Stelle, wo wir damals das Foto für das Plakat der *Gargoyles* geschossen haben. Wenn ich doch nur die Zeit zurückdrehen könnte.

In der absurden Parodie eines Chauffeurs hält mir der Albino die Tür auf. Eine Sekunde lang ziehe ich in Erwägung, einfach im Auto sitzen zu bleiben wie ein trotziges Kleinkind. Aber ich habe Angst. Unter anderem vor Schmerzen, die er mir zufügen könnte. Ich steige doch aus.

Sofort packt er mich am Arm. »Rein.« Er nickt in Richtung Haustür. Hier wohnt keiner mehr. Die Klingelleiste baumelt an einem Draht, die Fenster sind fast alle eingeschlagen, an die Hauswand hat jemand *Kommt Zeit, kommt Rat, kommt Attentat* gesprüht.

»Wo ist Leander?«, frage ich und bleibe stehen. Meine Augen suchen blitzschnell die Gegend ab. Jemand muss das doch hier sehen, verdammt noch mal. Da vorn ist die Hauptstraße, an der Ecke ein Dönerladen, man riecht es bis hier. Wenn ich mich losreiße und renne, könnte ich es bis dahin schaffen.

»Los jetzt!« Der Albino packt mich unsanft an beiden Armen, sein Kumpel telefoniert.

Der Hausflur ist dunkel und kalt und riecht nach modrigem Holz und Urin. Der Treppe zum ersten Stock hoch fehlen ein paar Stufen, aber dahin gehen wir auch nicht, wir gehen gleich rechts in die Parterrewohnung. *Haxen abkratzen* mahnt ein vergilbtes Schild, einziges Überbleibsel aus der Zeit, als das hier noch das Zuhause von irgendjemandem war.

Der Albino schiebt mich links in das erste Zimmer, das ehemalige Wohnzimmer, wie es scheint. Eine Wand ist noch mit einer gelben Blümchentapete beklebt, anhand der hellen Flecken kann man ahnen, wo Schränke standen. Jetzt liegt nur noch eine fleckige Matratze auf dem Boden. Der Albino signalisiert mir, dass ich mich dahin setzen soll, aber ich bleibe stehen.

Sein Kumpel tritt ins Zimmer.

»Wo ist Leander?«, frage ich wieder. »Du hast behauptet, Leander schickt dich zu mir.« Natürlich war das der blanke Unsinn, das ist mir mittlerweile klar. Aber ich muss irgendwas sagen. Mich an Worten festhalten, um mir vorzumachen, dass alles gar nicht so schrecklich ist, wie es scheint. »Wo ist er also?«

Statt einer Antwort kracht etwas im Nebenzimmer. Ich zucke zusammen. Da ist noch jemand.

»Dein Kerl ist jetzt erst mal egal«, meldet sich unvermittelt Albinos Kumpel. »Du wirst ihn schon noch sehen. Wo ist es?«

»Wo ist was?«, frage ich mit dünner Stimme. Tausend Gedanken rasen durch meinen Kopf. Natürlich ist mir klar, warum ich hier bin. Was mache ich denn jetzt?

Ich kann den beiden nichts vormachen, sie wechseln einen amüsierten Blick.

»Also?« Der Albino tritt ein Stück auf mich zu.

Sein Kumpel bleibt, wo er ist. Er tappt nur mit seinem Finger an den Türrahmen. Den mit dem Skarabäus.

11

Mai

Irgendwie schaffte ich es aufzustehen, obwohl ich das Gefühl hatte, dass jemand einen Schraubenzieher in meinen Kopf bohrte. Ich hatte direkt neben dem Weg am Waldrand im Gras geschlafen. Warum, das verstand ich immer noch nicht, aber das war jetzt auch nicht so wichtig, denn um mich herum rannten auf einmal ganz viele Leute den Weg entlang. Die Augen aufgerissen, fuchtelnd, schreiend, die Hand entsetzt vor dem Mund, aber es prallte alles an mir ab wie an einer Glaswand. Ich stolperte ihnen einfach hinterher, denn sie schienen wenigstens ein Ziel zu haben.

Das Ziel war gar nicht so weit weg von mir, ein Aussichtspunkt, ein Stück vom Wald entfernt. Schotter lag auf dem Boden und abgebrochener Kalkstein vom Berg. Die Leute starrten alle nach unten. Einige versuchten, vorsichtig den Hang hinunterzuklettern, rutschten ab, fluchten, krallten sich an Grasbüscheln fest.

»Hört auf, seid ihr denn verrückt geworden?«, schrie jemand.

Ich sah ebenfalls hinunter. Erst erblickte ich einen kleinen Vorsprung, in ungefähr zweieinhalb Meter Tiefe. Er war ziemlich schmal und glatt. Und dann sah ich sie: Vanessa. Sie befand sich weiter unten, mindestens fünfzehn Meter tiefer, am Ende einer Schleifspur aus Geröll und Erde, ihr Tuch und ihr rotes Handy lagen ein Stück weiter weg. Ihr Mund stand offen. Mein Gehirn war noch nicht richtig wach, mir war schlecht und im ersten konfusen Moment fragte ich mich, was um alles in der Welt Vanessa da unten wollte. Warum sie da geschlafen hatte. Neben ihr kniete ein Junge, der jetzt vorsichtig ihren Oberkörper anhob, und als ich das Blut an ihrem Kopf sah, war meine erste Reaktion Genugtuung. Es schien, als hätte sich mein innigster Wunsch erfüllt. Vanessa hatte sich verletzt und würde hoffentlich eine Weile lang nicht in die Schule kommen.

»Nicht aufrichten«, schrie jemand. »Sie kann innere Verletzungen haben, verdammt noch mal.«

Da sah der Junge, der sie im Arm hielt, hoch. Das pure Entsetzen stand ihm ins Gesicht geschrieben. Er schüttelte langsam den Kopf. Und obwohl der Wind rauschte und immer mehr Leute hinzukamen und durcheinanderredeten und von irgendwoher ein Martinshorn erklang, verstanden wir alle, was er sagte.

»Die ist tot.«

Wenn der Tod in unser Leben tritt, greift er mit eisiger Hand nach unserem Herzen, nach unserer

Lunge, lässt uns nach Luft schnappen, dreht uns den Magen um, zwingt uns in die Knie.

Bei mir machte er da keine Ausnahme. Ich stützte mich auf allen vieren ab und erbrach bitteren Schleim in das Gras, direkt neben die Reste einer Steinmauer.

»Brauchst du Hilfe? Bist du in Ordnung?« Ein Mädchen kniete sich neben mich, strich mir die Haare aus dem Gesicht, damit ich sie nicht vollkotzte, und hielt meinen bebenden Körper fest. Sie dachte wohl, ich wäre krank. Dabei hatte ich nur den grässlichsten, furchtbarsten Kater der Welt. Scham und Entsetzen hatten die Nebel aus meinem Kopf vertrieben. Während ich letzte Nacht sturzbetrunken am Wegesrand eingeschlafen war, hatte sich Vanessa fünfzehn Meter in die Tiefe gestürzt. In ihren Tod.

Trinken wir darauf, dass Vanessa Klinger sich heute Nacht zum Teufel schert.

Ich bedeckte voller Horror mein Gesicht mit den Händen. Wie hatte ich nur so etwas sagen können? *Psycho-Lena*, schrillte eine Stimme in meinem Kopf.

Ich kann doch nichts dafür, schrie eine andere zurück.

»Kenne ich dich?«, fragte das Mädchen jetzt. Sie hielt immer noch meinen Rücken und reichte mir jetzt ein Taschentuch.

»Was?« Ich sah auf. Das war mein Fehler. Das Mädchen ließ mich augenblicklich los.

»Du bist doch die Freundin von Nadine«, sagte sie mit deutlichem Unbehagen.

»Ja. Und?«

»Die gestern so über Vanessa hergezogen hat«, half sie mir auf die Sprünge. »Du wolltest …«, sie stockte. »Du wolltest, dass ihr mal jemand richtig eine in die Fresse haut.« Sie schlug plötzlich ihre Hand vor den Mund, als müsse sie sich bei meinem Anblick übergeben. »Ich kann nicht glauben, dass du das wirklich gesagt hast«, flüsterte sie. »Und jetzt ist sie …« Sie brach überwältigt ab.

»Ich hab das … nicht so gemeint«, krächzte ich. Mein Hals brannte. Jetzt erkannte ich sie. Es war eins der Volleyballmädchen. »Was man halt so sagt.«

»Was man halt so sagt …« Sie stand abrupt auf, warf mir einen angewiderten Blick zu und ging weg.

»Ich hab's nicht so gemeint!«, schrie ich ihr hinterher. »An so was denkt man doch nicht!«

Das Gejaule des Martinshorns war in den letzten Minuten auf geradezu infernalische Lautstärke angestiegen und ich geriet in einen Sog von Leuten, die alle zurückgedrängt wurden. Auf einmal waren hier mehr Erwachsene als Jugendliche, eine Polizistin befestigte eine gelbe Absperrung, jemand in roter Rettungsuniform hastete vorbei.

»Geht es Ihnen gut? Wollen Sie Wasser?« Eine Sanitäterin half mir auf die Beine und drückte mir eine Wasserflasche in die Hand. »Brauchen Sie ärztliche Hilfe?«

»Nein«, stammelte ich. Die Wasserflasche nahm ich aber dankbar entgegen. Ich trank sie auf einen Zug halb leer, den Rest kippte ich über mein verklebtes Gesicht und über meine Hände. Wo war eigentlich meine Tasche? Und wo, oh Gott – wo war Leander? Wieso hatte ich nicht gleich an ihn gedacht? Mein Kopf war wie ein Zimmer voller Watte, Gedankenfetzchen flatterten auf und huschten weg, ich konnte überhaupt nicht klar denken.

»Leander?«, schrie ich. Es war mir egal, wer mich blöd anstarrte. Um mich herum heulten so viele, manche richtig hysterisch, vor allem Mädchen. Jungs standen da wie erstarrt, schüttelten fassungslos den Kopf. Aber keiner von ihnen war Leander.

»Wir sollen alle da drüben warten, sie wollen nachher noch mit uns reden.« Jemand zog mich am Arm, ein fremdes Mädchen mit schwarzer Lockenmähne fast wie Nadine. Sie zeigte zur Wiese. Am Waldrand standen ein paar Zelte. Dort hatten offenbar die anderen geschlafen.

»Wo ist Leander? Hast du ihn gesehen?«, fragte ich das Mädchen hastig.

»Wer?«

»Leander. Der … Freund von Vanessa.«

»Kenne ich leider nicht. Der arme Kerl.« Sie schüttelte sich kurz. »Das ist so was von furchtbar. Mann, wir kommen jedes Jahr zum Walpurgisfeuer her, noch nie ist was passiert und diesmal so was. Da klettert man doch nicht im Dunkeln in der Gegend rum, ich verstehe das nicht. Noch nie hat das einer gemacht, das weiß man doch. Immer war das schön und friedlich hier.«

»Friedlich.« Ich starrte sie an. Jäh war eine Erinnerung in meinem Kopf aufgeflammt. »Von wegen friedlich. Da waren lauter Verrückte, Verkleidete, Hexen, die wollten …« Mir wurde ganz kalt. »Ich glaube, die haben da jemanden ins Feuer geschmissen!«

»Spinnst du?« Das Mädchen wich erschrocken vor mir zurück. »Wer erzählt denn so etwas?«

»Ich …« Mir fehlten die Worte. Ich wusste ja selbst, wie absurd sich das anhörte, jetzt am helllichten Tag. Was war eigentlich gestern mit mir los gewesen? Getrunken hatte ich schließlich schon öfters, manchmal auch viel zu viel, wie alle halt. Aber noch nie hatte ich solche *Angst* dabei verspürt.

»Der!«, rief ich. »Der da war mit dabei!« Ich zeigte auf den als Henker verkleideten Jungen, der mittlerweile seine Kappe abgenommen hatte und mit blutunterlaufenen Augen in seinem Lederwams über die Wiese stampfte. Er winkte mir zu.

Er winkte mir zu, als wären wir beste Freunde, und gestern …

»Falk? Hast du sie noch alle?« Das Mädchen musterte mich und zu meinem Entsetzen kam dieser Falk jetzt auf uns zu.

»Furchtbare Sache, was?«, sagte er und steckte sich eine Zigarette an. Dabei sah ich, dass seine linke Hand fast komplett mit einem feuerroten Muttermal bedeckt war. Wie verbrannt. »Deine Hand …«, stotterte ich.

»Ja, war schon immer so.« Er zuckte mit den Schultern. »War Vanessa eine Freundin von dir?«

Ich konnte meinen Blick nicht von der roten Haut an seiner Hand lösen. Warum war ich gestern Nacht so durchgedreht? Wurde ich langsam verrückt? Oder spielte der mir was vor?

»Warum hast du mich ins Feuer schmeißen wollen?«, platzte ich heraus. »Wer waren die ganzen Leute gestern?« Schlag auf Schlag kehrte jetzt das Grauen der letzten Nacht in mein Gedächtnis zurück.

»Ich wollte dich doch nicht ins Feuer schmeißen«, sagte er schockiert. »Ich hab dich aufgefangen, als du beinahe reingestolpert wärst. Du hattest totale Schlagseite. Wie kann man sich nur so zudröhnen als Mädchen, echt. Kein Wunder, dass dann jemand abstürzt.«

»War das so bei ihr?«, fragte das fremde Mädchen. »Haben sie das gesagt?«

»Glaub schon.« Falk-Henker blies Rauch aus und sah in Richtung der Polizei. »Was denn sonst? Die ist auf den Vorsprung gestiegen und dann, als sie wieder hochklettern wolle, ist sie abgerutscht.«

»Sie schaffen sie jetzt weg«, rief ein Junge, der offenbar das Treiben der Polizei beobachtet hatte. »Irgendwas war mit ihren Ohren, die haben sie fotografiert.«

»Lena?«

Ich fuhr herum. Tine kam auf mich zu, kreidebleich, ihre blonden Haare zerzaust, die Augen schwarz verschmiert. Sie zitterte. »Oh, Lena!«

Wir fielen uns in die Arme, Tine heulte sofort los,

ich heulte mit. Ich war so froh, sie zu sehen. Meine beste Freundin. Meinen Rettungsanker.

»Wo ist Leander?«, stieß ich aus. »Ich sehe den nirgendwo.«

»Ich weiß nicht«, schluchzte sie. »Ich war doch im Zelt mit Gregor. Leander war gestern auf einmal weg. Und du auch. Wo warst du denn? Ich hab gedacht, du bist einfach nach Hause gegangen. Oh Gott, die arme Nessa. Das kann doch nicht sein, gestern hat sie noch gelebt und jetzt ist sie … jetzt ist sie …« Der Rest ging in hysterischem Schluchzen unter.

Ich verstand das alles nicht. Ich kam mir vor, als hätte mich jemand aus Versehen in einem parallelen Universum ausgesetzt. Ich wollte zurück in mein altes Leben. Die Zeit zurückdrehen, von mir aus auch mit Leander und Vanessa als Paar, was spielte das noch für eine Rolle. Aber das hier – das konnte doch nicht die neue Realität sein. Oder?

»Wo warst du denn eigentlich?«, schniefte Tine.

»Ich hab im Wald geschlafen«, antwortete ich stockend. Jetzt, wo ich es aussprach, kam es mir unbegreiflicher denn je vor. Meine Eltern fielen mir ein. Die machten sich doch garantiert Sorgen, ich hatte nichts davon gesagt, dass ich woanders übernachten würde. Ich musste sie anrufen, aber wo war meine Tasche?

»Im Wald?«, wiederholte Tine. Ein ungläubiges Flackern huschte kurz über ihr Gesicht, dann verschwand es wieder. »Deswegen siehst du so aus. Warum denn?«

»Ich habe nicht die leiseste Ahnung. Kann ich mal dein Handy haben? Ich will meine Eltern anrufen.«

»Klar.« Sie nestelte in ihrer Tasche und reichte mir ihr mit klebrigen Stickern verziertes Handy. »Da ist er doch.« Sie zeigte vor zu den Polizisten, wo auf einmal eine weitere Menschentraube aufgetaucht war, hauptsächlich junge Leute. Einer davon war Leander.

Ich drückte Tine das Telefon in die Hand und rannte los.

»Lasst mich durch! Leander!« Ich schob fremde Rücken zur Seite, drängte mich an Leuten vorbei, roch Schweiß und Rauch und hatte kurz einen Flashback zu letzter Nacht, als ich vor den Hexen geflohen war – die, da war ich mir jetzt sicher, nur in meiner Einbildung existiert hatten. Neben Leander stand ein Mann in einem dunkelblauen Blouson. Als er mir kurz den Rücken zuwandte, erkannte ich, dass *Kriminalpolizei* darauf stand. Leander sah aus wie ein Geist, aber er trug andere Sachen als gestern Abend. Er musste zu Hause gewesen sein.

»Leander!«

Er drehte sich um und schaute mich an. Und in dieser Sekunde stürzten Vergangenheit und Gegenwart und Zukunft in ein einziges tiefes Loch und ich verstand, dass nichts mehr so sein würde, wie es je gewesen war. Leanders Blick war voller Entsetzen, Trauer, Fassungslosigkeit. Leere.

Ich hing irgendwo fest und riss mich los. Mit

Schwung stolperte ich zu Leander und fiel einen Meter vor ihm ins Gras. Es tat weh, aber ich stand wieder auf.

»Dir ist was aus der Tasche gefallen«, bemerkte jemand hinter mir. Tasche? Die Tasche meiner Strickjacke? Ich bückte mich mechanisch, griff auf den Boden und erstarrte.

»Das ist doch Nessas«, sagte eine Mädchenstimme.

Ich schluckte, meine Finger ließen das Ding wieder fallen. Vanessas Federohrring. Der von gestern Abend. Aus meiner Tasche gefallen.

»Darf ich mal?« Der Mann mit der Kripojacke bückte sich neben mir herunter. Er stülpte rasch einen Gummihandschuh über und griff nach dem Ohrring. »Wie sind Sie denn daran gekommen?«, fragte er mich.

»Ich …« Mir hatte es die Sprache verschlagen. Ein paar Meter weiter stand das Volleyballmädchen von vorhin und tuschelte den gaffenden Leuten etwas zu.

Der Mann hielt den Ohrring zwischen zwei Fingern. »Ich frage nur, weil bei der toten Vanessa das linke Ohrläppchen durchgerissen ist. Das andere Ohr ist intakt. Irgendjemand hat diesen Ohrring hier mit Gewalt abgerissen. Sie?«

Leander öffnete leicht die Lippen, sagte aber nichts. In seinem Blick lag jetzt noch etwas anderes. Hass. Auf mich?

Ich sah an mir herunter, auf meine erdigen Hände, meine dreckigen Jeans, auf das angetrocknete Erbrochene an meinen Schuhen. Ich konnte nicht mehr.

»Mir ist so schlecht«, flüsterte ich. »Und ich will meine Eltern anrufen.«

12

Mai

Jemand tippte mir auf die Schulter. Tine. Sie war mir gefolgt und reichte mir meine Tasche. »Die lag doch genau neben dir auf dem Boden, Lena. Hast du das nicht gemerkt?«

Ich betrachtete meine Tasche, als hätte ich sie noch nie zuvor gesehen. Was war nur mit meinem Kopf los?

»Lena? Was ist denn?« In Tines Gesicht standen Verwirrung und Angst. Hinter ihr tauchten Julia und Nadine auf, Julia kaute an ihren Fingernägeln herum, wie immer, wenn sie unter Stress stand.

»Haben Sie Vanessa den Ohrring abgerissen?«, fragte der Mann von der Kripo mich jetzt noch mal.

Ich hielt meine Tasche wie ein Schutzschild vor mich. »Wieso … also …«

»Also was? Ist doch eine einfache Frage.« Der Mann sah mich prüfend an. »Wie heißen Sie denn?«

»Lena Koschatz.«

»Hauptkommissar Wenzel. Hatten Sie einen Streit mit Vanessa Klinger?«

»Nein.«

»Nein!« Irgendjemand stieß verächtlich die Luft

aus. Es klang wie die Stimme eines Mädchens. Ich nahm aus den Augenwinkeln wahr, wie Nadine leicht zustimmend nickte und Julia bedeutungsvoll die Augenbrauen hochzog.

Der Mann runzelte kurz die Stirn. »Also – Sie hatten keinen Streit. Haben Sie den Ohrring abgerissen?«

Ich wusste es nicht. Ich konnte mich, verdammt noch mal, einfach nicht erinnern. Irgendwann war ich gestern Abend vor eingebildeten Hexen und Hexenjägern davongerannt, vor dem Wind in den Zweigen und dem Schatten des Feuers, ängstlich wie eine Fünfjährige. Und dann? Was war danach passiert? Wie war ich zu dem Weg am Felsen gekommen?

»Ich weiß es nicht«, flüsterte ich kaum hörbar und holte hastig mein Telefon aus der Tasche.

»Was haben Sie gesagt?« Der Mann beugte sich vor.

Ich wollte nicht mehr mit ihm reden. Er sollte mich endlich in Ruhe lassen. »Ich will jetzt meine Eltern anrufen«, erklärte ich und zerquetschte dabei fast mein Handy. Mein Kopf dröhnte immer noch, ich gierte nach einer Flasche Wasser, aber den Mann wollte ich nicht fragen. Und die Leute um mich herum auch nicht. Wie sie mich alle anstarrten. Flüsterten, tuschelten, die Köpfe schüttelten. Meine eigenen Freundinnen verharrten unsicher in der Menge, als befände sich plötzlich ein unsichtbarer, aber tiefer Graben zwischen uns. Gelegentlich wehten kleine Schnipsel der Unterhaltung zu mir: »… ist doch die von gestern … was damit zu tun … durchgerissen, durch das Ohrläppchen … gehasst wie die Pest … hab gehört …«

»Wie alt sind Sie denn?«

»Siebzehn.«

»Na schön. Rufen Sie Ihre Eltern an. Aber Sie bleiben bitte hier stehen.«

Meine Finger glitten über das Handy, scrollten sich fieberhaft durch die Kontakte und drückten auf *Eltern*. Meine Mutter nahm beim ersten Klingelton ab.

»Mein Gott, wo steckst du denn? Wir haben uns solche Sorgen gemacht, wieso rufst du denn nicht zurück? Papa wollte gerade losgehen, dich suchen!«

»Kann er bitte herkommen? Zur Wiese an den Felsen?« Meine Stimme klang offenbar, als ob ich kurz vor der Hysterie stand, denn augenblicklich änderte sich der Ton meiner Mutter.

»Oh, Schatz, was ist denn? Ist alles in Ordnung?«

»Mir geht es gut«, presste ich heraus, obwohl das die blanke Lüge war, ich hatte das Gefühl, ich müsste mich schon wieder übergeben. »Aber es ist was passiert.« Im Telegrammstil weihte ich meine völlig schockierte Mutter in das Geschehen der letzten Stunde ein. Als ich von der toten Vanessa berichtete, schnappte meine Mutter entsetzt nach Luft.

»Die armen Eltern«, flüsterte sie. »Das ist ja furchtbar. Natürlich kommen wir und holen dich, sollen wir Tine gleich mitnehmen? Und Leander?«

Sie schien ganz vergessen zu haben, dass ich nicht mehr mit Leander zusammen war. Abgesehen davon war ich noch nicht ganz fertig. »Die von der Polizei wollen noch mit mir reden. Ich will, dass ihr herkommt.«

»Wieso wollen die mit dir reden?«

Ich schloss kurz die Augen. »Die fragen alle.« Das war nicht mal gelogen. Ein Mann in Uniform sprach gerade weiter vorn mit Leander. Plötzlich klappte Leander in der Mitte zusammen, krümmte sich, fiel auf die Knie und schlug mit den Fäusten auf den Boden.

Tine rannte zu ihm, umarmte ihn unbeholfen, wischte sich die Tränen aus dem Gesicht, dann sah sie zu mir. »Der Ohrring?«, formte ihr Mund lautlos.

»Wir sind schon unterwegs.« Meine Mutter hatte aufgelegt.

Ich fror, obwohl es so warm war, setzte mich in die Sonne, schlang die Arme um meine Beine. Vorn am Weg tauchten immer mehr Leute auf. Spaziergänger, die am Ersten Mai wandern wollten und Rucksäcke voller gekochter Eier und belegter Brote mit sich schleppten. Sie murrten, als man sie bat, alternative Wege zu nehmen, und reckten neugierig die Hälse. Der Mann von der Kripo telefonierte, aber meine Eltern würden gleich kommen und diesen Albtraum beenden. Ich war plötzlich froh, noch nicht volljährig zu sein und auf dem Beisein meiner Eltern bestehen zu können. Ich wünschte mir nichts sehnlicher, als nach Hause zu gehen, in mein Bett. Unter meine Decke zu kriechen, die vertrauten Poster an den Wänden um mich herum, meinen Schreibtisch im Blick, meine Klamotten von gestern noch auf dem Boden, als ich mich voller Vorfreude auf die Walpurgisnacht vor dem Spiegel zehnmal mit Tine umgezogen hatte. Daneben die Pinnwand mit Fotos aus einer glücklicheren Zeit, eins davon mit mir und Leander auf dem Weihnachtsmarkt. Zeugen einer normalen Welt, in der Mädchen nicht tot unten am Felsen lagen oder im Wald auf dem Boden schliefen wie ein Tier und abgerissene Ohrringe in der Tasche hatten.

»Was ist eigentlich passiert?« Nadine stand auf einmal neben mir. Ich verspürte das dringende Bedürfnis nach ein bisschen Wärme, nach Halt und Umarmung, aber als ich meinen Kopf an ihr Bein lehnte, ging sie unmerklich ein Stück zur Seite.

»Ich weiß es nicht. Sie ist irgendwie da abgestürzt.«

»Das meine ich nicht. Ich meine den Ohrring.«

Ich sah hoch. Nadine hatte ihre enorme schwarze Haarflut hochgesteckt und wirkte mit ihrer Brille wie die strenge Geschäftsfrau, die sie bestimmt mal werden würde.

»Das weiß ich auch nicht. Ich habe ihn ihr nicht abgerissen.«

»Habt ihr euch gestern noch gestritten? Hast du sie angepöbelt? Hast du …?«

»Hast du, hast du. Ich weiß es nicht, okay? Mir ist schlecht.« Ich presste mein Gesicht auf die Knie.

Nadine setzte sich jetzt doch neben mich. »Lena …« Sie zögerte kurz. Dann senkte sie ihre Stimme. »Wenn du irgendwas Dummes gemacht hast, dann musst du das unbedingt der Polizei erzählen.«

Was? Was war das eben?

Weiter vorn brach ein Mädchen weinend zusammen, ich kannte sie flüchtig, eine aus der Elften. »Nessa!«, schrie sie hysterisch. »Das kann doch nicht sein. Das kann doch nicht sein!«

Nadine stand auf. »Denk daran, Lena. Ich muss jetzt zu den anderen.« Sie ging, um das fremde Mädchen in den Arm zu nehmen und zu trösten, während ich, ihre Freundin, hier alleine im Dreck saß. Und was sollte diese Bemerkung, was spielte sich Nadine eigentlich so auf? Hatte jemand mal in *ihren* Taschen nachgesehen? Sie war ja auch nicht gerade für ihre glühende Zuneigung zu Vanessa bekannt, aber das schien niemanden zu stören. Eigentlich war Nadine überhaupt nicht meine richtige Freundin, sie hing immer nur mit uns rum, weil sie mit Tine befreundet war. Aber Tine gehörte mir. Wo war sie? Ich sah mich um. Sie stand immer noch bei Leander. Bei den anderen. Bei all denen, die Vanessa gemocht hatten und jetzt um sie weinten. Zu denen ich nie gehört hatte und jetzt erst recht nicht gehörte.

Meine Eltern kamen wenig später angehastet, und als mein Vater mich beruhigend in den Arm nahm, heulte ich los.

»Ist ja gut, ist ja gut«, murmelte er, als wäre ich noch mal drei Jahre alt.

Meine Mutter presste sich nur die Hand vor den Mund und schüttelte immer wieder den Kopf.

»Sind Sie die Eltern?« Der Mann von der Kripo trat hinzu.

Sie nickten. »Schrecklich, das alles«, murmelte meine Mutter.

»Wenzel, Kripo«, stellte er sich vor. »Ihre Tochter hatte den Ohrring von Vanessa Klinger in der Tasche und kann sich angeblich nicht erinnern, ob sie ihn abgerissen hat oder nicht.«

»Ohrring?«, fragte meine Mutter. Sie sah mich an. »Hat Vanessa dir den geborgt? Ich verstehe nicht ganz.«

Mein Vater hatte offenbar besser zugehört. »Abgerissen?«, fragte er ungläubig.

Der Mann namens Wenzel nickte. »Ein paar der jungen Leute hier haben uns erzählt, dass Ihre Tochter nicht sehr gut auf Vanessa Klinger zu sprechen war und gestern überall herumerzählt hat, dass sie sie nicht ausstehen kann. Und heute liegt das Mädchen tot unten am Felsen und hat ein zerrissenes Ohrläppchen und der Ohrring dazu steckt in der Tasche Ihrer Tochter … wie war gleich der Name?«

»Lena«, presste ich heraus.

»Sie wollen …« Meine Mutter brach ab. Ihre Augen wurden groß. »Also hören Sie mal, wissen Sie eigentlich, was Sie da behaupten?«

»Ich behaupte doch gar nichts.« Der Mann hob

abwehrend die Hände. »Ich will ja nur wissen, wie Ihre Tochter an den Ohrring gekommen ist, und sie zeigt sich nicht sonderlich kooperativ, das ist alles.«

»Woher hast du denn den Ohrring?«, fragte mein Vater. »Abgerissen haben wirst du ihn ja wohl kaum.« Die Andeutung eines Lächelns zeichnete sich kurz in seinem Gesicht ab und erstarb gleich wieder.

»Ich habe keine Ahnung«, antwortete ich wahrheitsgemäß. »Er war einfach in meiner Tasche.«

»Du musst doch wissen, ob sie ihn dir gegeben hat oder ob du ihn ihr … weggenommen hast!« Mein Vater hustete leicht.

»Ich kann mich nicht erinnern.«

»Wieso kannst du dich denn nicht daran erinnern?« Mein Vater klang langsam ungeduldig. Der Kripomann nickte zustimmend. Offenbar froh, dass ich wenigstens meinem Vater Rede und Antwort stand.

»Ich war betrunken«, murmelte ich.

»Du warst *so* betrunken, dass du dich nicht mehr erinnern kannst?« Meine Mutter tauschte einen fassungslosen Blick mit meinem Vater. »Mein Gott, Lena, was um alles in der Welt habt ihr denn hier oben gemacht?«

Das Klopfen in meinem Kopf setzte erneut ein. Vage nahm ich ein Grüppchen Jugendlicher wahr, die beieinanderstanden, tuschelten und uns beobachteten. Übelkeit stieg in mir hoch, ich wollte mich irgendwo festhalten, griff nach dem Arm meines Vaters und fand mich plötzlich auf dem Boden wieder.

»Lena!«, schrie meine Mutter erschrocken.

Ich wollte nicht aufstehen. Wollte da unten liegen bleiben, zusammengerollt und mit dem Gesicht am kalten Boden. Es war die einzige Position, in der ich meine Übelkeit aushalten konnte, aber jemand rollte mich herum, leuchtete mir in die Augen, redete auf mich ein. Eine der Notärztinnen, die ich vorhin gesehen hatte.

»Geht es wieder?« Ihre Stimme klang wie aus weiter Ferne.

Ich nickte. »Wasser«, krächzte ich.

Im Nu kniete meine Mutter neben mir und hielt mir eine Wasserflasche an meinen Mund. »Was machst du denn nur für Sachen«, flüsterte sie.

Ich richtete mich auf, blieb aber auf dem Boden sitzen. Sofort kam die Übelkeit zurück und ich legte mich wieder hin.

»Hat sie einen Kreislaufkollaps?«, fragte meine Mutter mit Panik in der Stimme.

»Sie hat einen Kater«, meinte mein Vater. »Du hast doch gehört, was sie gerade gesagt hat.«

Ich starrte hoch in die Bäume und auf einmal hatte ich das Gefühl, da oben wieder eins dieser grässlichen Hexengesichter zu sehen. Oben in den Ästen. Mit listigem Grinsen sah es auf mich herunter. Ich wurde langsam verrückt, das war es. Vielleicht hatte ich ja wirklich Vanessas Ohrring abgerissen. Möglicherweise hatte ich sie sogar den Felsen hinuntergestoßen!

»Wie viel hast du denn getrunken?«, fragte mich

die Notärztin. »Weißt du das noch ungefähr?« Sie war noch sehr jung und duzte mich einfach, das machte sie mir gleich sympathisch.

»Bier und Wein und dann noch Wodka und so Zeugs«, murmelte ich. Allein bei dem Gedanken daran kam mir alles hoch.

»Irgendwelche Drogen?«, fragte die Frau.

»Unsere Lena nimmt doch kein Rauschgift«, empörte sich meine Mutter. Sie war wahrscheinlich der einzige Mensch auf der Welt, der noch von »Rauschgift« sprach, wenn es um Drogen ging.

Ich schüttelte vorsichtig den Kopf, damit mir nicht wieder schwindlig wurde. »Nein, ich nehme so was nie.«

»An was kannst du dich denn zuletzt erinnern?«

»Zuletzt … da war mir schon so schlecht. Ich weiß nicht, wie spät es da war. Ich hab überall Hexen gesehen und Teufel, also gedacht, meine ich …« Ich verhaspelte mich. Jetzt klang auf einmal alles so lächerlich. »Es war schrecklich, ich hatte richtige Angst und dann muss ich irgendwie da vorn hingekommen sein und bin am Waldweg beim Felsen eingeschlafen und heute früh aufgewacht.«

»Was denn um Gottes willen für Hexen? Und im Wald hast du geschlafen?«, fragte mein Vater. »Im April? Nicht im Zelt? Wieso denn nicht?«

»Ich …«

»Ich würde gern mal einen Bluttest bei dir machen«, sagte die Ärztin. Sie musterte mich aufmerksam. »Wenn du einverstanden bist? Vielleicht hast du ja doch irgendwas genommen und kannst dich nicht mehr daran erinnern?«

»Unsere Lena …«, brauste meine Mutter auf, aber mein Vater tätschelte ihr beruhigend den Arm. »Lass doch nur, Tanja«, sagte er. »Dann soll sie halt einen Test machen.«

Ich nickte. »Ja, von mir aus.« Ich wollte nur hier weg. Und ich hatte keine Drogen genommen, das würde ich ja wohl wissen. Ich hatte einen Scheißabend gehabt und viel zu viel getrunken und büßte jetzt dafür, und wie der Ohrring zu mir gekommen war, verstand ich auch nicht.

Die Ärztin sprach kurz mit dem Mann von der Kripo, sie sahen zu mir und er nickte. Kurz darauf kam sie wieder und nahm mir mit professioneller Geschwindigkeit Blut ab.

»Zu Hause hinlegen und schlafen und viel trinken«, befahl sie mir. »Und beim nächsten Mal am besten nur Cola.«

Der Mann von der Kripo trat zu uns. Ich konnte Leanders Eltern hinter ihm sehen, die ihren Sohn umarmten. Seine Mutter weinte. Mich hatten sie entweder nicht gesehen oder sie ignorierten mich. Kurz dachte ich an die zahllosen Abende in seinem Haus, an gemeinsame Essen, an den Nikolausstrumpf, den seine Mutter mir geschenkt hatte. An Kimmys Bilder für mich, auf denen sie Leander und mich bei unserer zukünftigen Hochzeit gemalt hatte – zwei krakelige Figuren, die über dem Boden schwebten und sich an den Händen hielten.

»… kann sein, dass wir uns dann noch mal melden«, sagte der Mann namens Wenzel zu meinem Vater. »Vielleicht erinnerst du dich ja doch noch an etwas.« Das galt mir. Ich nickte. Konnten wir gehen? Was war mit dem Ohrring? Auf keinen Fall würde ich fragen. Ich war froh, wenn ich hier wegkam.

Und dann gingen wir endlich. Meine Mutter hielt mich fest wie eine Kranke, und weil wir so langsam vorwärtskamen, spürte ich, wie mich der Blick jedes einzelnen Jugendlichen hier verfolgte.

Blicke ohne Mitleid. Blicke voller Abscheu.

Zu Hause lag ich fast eine Stunde lang in der Badewanne, ließ das heiße Wasser in alle Poren dringen und rieb mir mit einem Schwamm den Dreck der vergangenen Nacht ab. Die Erinnerung ließ sich leider nicht so leicht wegschrubben. Es war, als ob mir erst hier in der friedlichen blau-weiß gekachelten Welt unseres Badezimmers so richtig klar wurde, was passiert war. Vanessa lebte nicht mehr. All ihre Schönheit, ihr Erfolg, ihre reichen Eltern, ihre guten Noten und ihr Charme, mit dem sie alle dauernd um den Finger wickelte, hatten sie nicht davor bewahren können, den Felsen hinunterzustürzen. Ich griff nach dem Shampoo. Wie sollte es jetzt weitergehen? Wie sollte ich jemals wieder mit Leander reden? Da, wo gestern noch Wut auf Vanessa in mir geschwelt hatte, war jetzt nichts als kalte Asche und Leere. Ich schämte mich für mein Benehmen und ich hoffte wirklich, dass sie bei ihrem Sturz nichts mehr gemerkt hatte. Vanessas Eltern taten mir leid. Einen Moment lang versuchte ich, mir meine Eltern in dieser Situation vorzustellen, aber es war unmöglich.

Genau, wie es unmöglich war, sich vorzustellen, dass es Leander hätte sein können, der den Berg hinuntergestürzt war. Er musste völlig am Ende sein. Und auch wenn es absurd klang – *ich* hätte jetzt bei ihm sein und ihn einfach nur festhalten müssen. Der Gedanke an sein schmerzverzerrtes Gesicht schnürte mir die Kehle zu. Aber ich konnte ihn unter keinen Umständen anrufen. So, wie er mich heute angesehen hatte …

Dachte Leander ernsthaft, dass ich Vanessa diesen Ohrring abgerissen hatte? Dass wir einen Zickenkrieg ausgetragen, uns auf dem Boden gewälzt und an den Haaren gezogen hatten? Dachte dieser Polizist das?

Ich stieg aus der Wanne, trocknete mich ab, bis ich am ganzen Körper rot war, trank Wasser direkt aus dem Wasserhahn und schlich in mein Zimmer. Dort stieg ich über meine Klamotten auf dem Boden, schob Mathildes Kiste zur Seite und griff nach meiner Tasche, um mein Handy rauszuholen. Plötzlich fiel mir etwas auf und ich hielt inne. Mein Handy summte und jingelte sonst nonstop vor sich hin. Heute war es beängstigend still geblieben. Ich zog es heraus und sah auf das Display. Niemand hatte mich angerufen. Weder Tine noch Nadine noch Julia noch sonst jemand. Standen sie alle unter Schock? Ich hatte auch nur zwei SMS bekommen.

Die Nummern sagten mir gar nichts. Ich öffnete die erste.

Bist du jetzt glücklich, dass Nessa tot ist, du perverse Kuh?

Was? Ich öffnete erschrocken die zweite Nachricht, diesmal von einer anderen Nummer.

Du bist doch das Letzte.

Nein. Nein! Mein Herz hämmerte wie verrückt. Waren die denn komplett übergeschnappt? Wer war das überhaupt? Und wie kamen die an meine Nummer?

Ich kroch in mein Bett, nahm meinen Laptop mit und loggte mich ein. Keine E-Mails, nur Werbemist. Auf Facebook hatte ich auf einen Schlag nur noch 223 Freunde. Nicht, dass es mir was ausmachte, aber was hatte das zu bedeuten? Jemand hatte bereits eine Vanessa-Klinger-Gedenkseite eingerichtet. Sie quoll über vor lauter Nachrichten, die im Sekundentakt eintrafen. *Oh Gott, Nessa, warum? … Ein Stern ist verloschen … Werden dich nie vergessen … RIP, beautiful … Warum musste Nessa sterben?*

Ich blinzelte, sah noch mal hin. Unter das letzte Posting hatte jemand sofort eine Antwort geschrieben. *Da fragst du am besten mal Lena Koschatz!* Innerhalb weniger Sekunden gefiel das siebzehn Leuten.

Ein Keuchen kam aus meinem Mund, ungläubig und bestürzt.

Einer dieser Leute war Leander.

13

Juni

Sie haben mir immer noch nicht gesagt, was mit Leander ist. Der Albino kaut hektisch Kaugummi und wippt vor mir auf und ab. Der andere Typ sieht fast ein bisschen gelangweilt aus. Mir direkt gegenüber leuchtet ein helles Viereck an der dreckigen Wand. Dort stand mal der Fernseher, könnte ich wetten. Das heißt, da, wo ich jetzt stehe und wo sich trotz der Kühle klammer Schweiß unter meinen Achseln ansammelt, hat mal eine Familie gesessen und mit dösigem Blick das Abendprogramm geguckt. Nachrichten. Serien. Krimis mit schlecht geschminkten Leichen und falschem Blut.

Ohne Vorwarnung klatscht mir die Hand des Albinos ins Gesicht. Ich zucke zurück, schreie auf. Tränen schießen mir in die Augen, meine Wange brennt. Aber noch mehr brennt die Demütigung. Die Wut.

»Also?«, zischt er.

Der Skarabäus zieht kurz die Augenbrauen hoch und schüttelt tadelnd den Kopf. Gilt das meiner Verstocktheit oder dem widerlichen Albino?

»Ich will wissen, wo Leander ist, sonst sag ich gar nichts!«, schreie ich wütend.

Im Nachbarzimmer werden Stimmen laut, ich spitze die Ohren.

Der Albino verzieht den Mund, aber sein Kumpel geht dazwischen.

»Ist doch kein Problem«, sagt er so freundlich, als hätte ich ihn gerade nach dem Weg zum Freibad gefragt. »Wir sind ja keine Unmenschen.« Er nickt dem Albino kurz zu, deutet ihm an, mit rauszukommen.

Ich atme auf, als die Tür hinter ihnen zugeht. Das Fenster! Im Nu bin ich dort. Die Fensterscheibe ist eingeschlagen, durch das Loch passt maximal eine Katze. Ich rüttele am Fensterrahmen, aber nichts bewegt sich. Das Scheißfenster ist noch von Neunzehnhundert-wann-auch-immer, aber es hält, als wäre es mit modernem Sekundenkleber versiegelt.

Es knackt an der Tür, ich husche zurück. Vielleicht soll ich ihnen einfach sagen, wo es ist. Dann holen sie es und gut ist.

Und gut ist?, höhnt die kleine Stimme in meinem Kopf. *Dann leben alle glücklich bis ans Ende ihrer Tage? Du weißt zu viel. Leander auch. Was glaubst du denn, was sie dann mit dir machen?*

Die Tür geht auf, es ist der Albino, er hat die Sonnenbrille endlich abgenommen. Seine Augen sind nicht rot, sondern von einem glasigen Blau und stehen leicht vor. Er sieht frustriert aus. Ein frustrierter Fisch.

Ihm folgt sein Kumpel. Und ein dritter Mann. Mit Aknenarben im Gesicht und einer Wollmütze auf dem Kopf. Er mustert mich und verschränkt die Arme vor der Brust.

»Dann mal rein in die gute Stube«, sagt der Skarabäus gut gelaunt. Und schiebt eine vierte Person in den Raum.

Es ist Leander! Sein Gesicht leuchtet kurz auf, als er mich sieht. Dann dämmert ihm offenbar, dass ich nicht hier bin, um ihn zu befreien. »Lena«, sagt er. »Was machst du denn hier? Ich …«

»So«, unterbricht ihn der Skarabäus. »Jetzt ist es ja richtig gemütlich, da können wir endlich mal zur Sache kommen. Hier ist dein Freund. Also?«

Mein Freund. Leander wirft mir einen verstohlenen Blick zu. Er hat das T-Shirt an, das ich ihm zu Weihnachten geschenkt habe. Sag was, flehe ich ihn stumm an. Nun sag doch endlich was.

Er sagt was. »Lasst ihr uns dann gehen?«

Im Gesicht des Albinos zuckt etwas auf – Belustigung? Nur für den Bruchteil einer Sekunde, aber es reicht. Es sagt mir alles, was ich wissen muss. Natürlich haben sie nicht vor, uns gehen zu lassen.

»Sicher«, sagt der Skarabäus, ohne mit der Wimper zu zucken. »Ihr habt es euch doch bestimmt nicht angesehen, oder?«

»Nein«, lüge ich hastig. Die Lüge segelt durch den Raum, an der gelblichen Wand und den hellen Flecken entlang, prallt an der Tür ab und landet in unserer Mitte. Für jeden sichtbar.

»Dann wäre ja alles geklärt«, sagt der dritte Mann.

»Es ist in meinem Schrank in der Schule«, sagte ich. Was bleibt mir sonst übrig?

14

Mai

Moses mochte das Rote Meer geteilt haben, aber ich konnte es durchaus mit ihm aufnehmen. Ich schaffte es, dass sich die Korridorgänge der Schule im Nu vor mir leerten, dass Leute zur Seite huschten, um mich dann, je nach Temperament oder Grad der Verblödung, ungeniert anzustarren, betreten oder verstohlen zu mustern oder mit einer gehässigen Bemerkung zu konfrontieren.

»Haben sie dich etwa schon wieder freigelassen?«

»Was will die denn hier?«

Ich erwiderte nichts darauf, wozu auch. Außer »Lass mich durch, verdammt noch mal«. Ich tat cool und ungerührt, meine Sonnenbrille bot mir dabei Schutz, aber innerlich kochte ich vor Wut. Und vor Angst. Die Leute benahmen sich wie ein Lynchmob, das ganze Schulgebäude sah aus wie ein Schrein, der dem Leben von Vanessa Klinger gewidmet war. Mädchen, die nie mit ihr geredet, die sie wahrscheinlich nur aus der Ferne beneidet und beobachtet hatten, benahmen sich, als ob ihr eineiiger Zwilling gestorben wäre. Überall lagen Blumensträuße herum, Fotos von Vanessa hingen an den Wänden, Plüschtiere und letzte Briefe an Vanessa türmten sich vor dem Eingang der Schule. Dort hatten zwei jüngere Mädchen schwarze Schleifen an alle verteilt, auch an mich, die wir an unseren Jacken und Shirts befestigt hatten.

»Wieso hast du so was?«, fragte mich eine zischende Stimme.

Ich blieb stehen und sah hoch. Einer von Vanessas Klonen, eine ihrer »besten« Freundinnen, die sie zu Lebzeiten vergeblich versucht hatten zu kopieren. Sie sah mich hasserfüllt an.

»Was habe ich?« Ich hätte einfach weitergehen sollen, aber nun war es zu spät. Mit einem Ruck riss sie mir die schwarze Schleife ab, so grob, dass ein großes Loch in meinem Sweatshirt zurückblieb.

»Das!«, schrie sie. »Als ob dir das leidtäte! Weiß doch jeder, wie du Nessa gehasst hast. Weil du nie so sein konntest wie sie, du Freak! Und jetzt ist sie tot!« Sie schluchzte auf, wurde von einem regelrechten Heulkrampf gepackt, der ihr Make-up auf wundersame Weise nicht verschmierte. Sie musste sich heute früh bestens auf einen Tag voller öffentlicher Heulkrämpfe vorbereitet haben.

»Ich habe nichts damit zu tun«, antwortete ich gefährlich leise.

»Ach ja?«, schrie sie und sah sich verächtlich um. Eine Gruppe ihrer Freundinnen hatte sich um uns geschart, angriffslustig und sensationsgeil, alle in Schwarz.

103

»Das kannst du uns aber nicht erzählen. Eine Sauerei, dass sie dich in die Schule gehen lassen!«

»Spinnst du?«, feuerte ich zurück.

Jemand zog mich am Sweatshirt, ich schüttelte ihn ab.

»Lena, lass.« Es war Tine. Sie zog mich weg. »Hört auf damit«, sagte sie zu den Mädchen. »Davon wird sie doch auch nicht wieder lebendig.«

Sie murrten und schienen enttäuscht, gingen aber schließlich weiter.

»Sind die alle komplett irre oder was?« Ich merkte erst jetzt, dass ich zitterte. »Wieso denken die, ich hätte was mit Vanessas Tod zu tun? Weißt du, was ich für blöde SMS bekommen habe? Nadine ignoriert mich seit Neuestem. Wusstest du das? Und Julia, die …« Ich winkte ab. Julia machte immer nur, was andere ihr sagten. Wenn Nadine glaubte, dass ich für Vanessas Tod verantwortlich war, dann tutete Julia in das gleiche Horn.

Tine biss sich auf die Lippe. »Es ist wegen des Ohrrings«, sagte sie. »Das hat sich rumgesprochen. Und dann warst du gestern nicht in der Schule, die dachten alle, die Polizei hätte dich mitgenommen.«

»Gestern war fast keiner in der Schule«, verteidigte ich mich. »Ich hab gehört, wie Frau Pfeifer das gesagt hat. Außerdem ging es mir nicht gut.« Meine Mutter hatte mir gestern zum Glück erlaubt, noch einen Tag zu Hause zu bleiben, aber heute hatte sie darauf bestanden, dass ich in die Schule ging. Ehrlich, ich hätte mindestens zweitausend Orte nennen können, an denen ich im Moment lieber gewesen wäre, einschließlich des versifften Wohnwagens meines Onkels im Thüringer Wald.

»Ich weiß«, sagte sie erschöpft. »Das hab ich ja auch Julia und Nadine gestern versucht zu erklären, als sie bei mir waren. Wir haben bis in die Nacht hinein darüber geredet.«

So. Hatten sie das? Ohne mich. »Warum hast du mich nicht angerufen? Ich war ganz alleine, es ging mir total beschissen. Keiner hat mich angerufen. Keiner ruft mich mehr an!« Meine Stimme wurde immer lauter, so laut, dass ein kleiner Junge aus den unteren Klassen, der gerade vorbeiging, mich nachäffte. »Keiner ruft mich mehr an!«, quiekte er.

Ich hätte ihn am liebsten geschlagen.

Tine sah sich verlegen um. »Warum sagst du dann nicht einfach allen, was in der Walpurgisnacht los war und woher du den Ohrring hattest?«

»Weil ich es nicht weiß«, gab ich zurück. »Ich kann mich einfach nicht mehr erinnern!«

»Vielleicht verdrängst du ja unbewusst die Erinnerung, weil …« Tine stockte.

Ich begriff sofort, was sie meinte. »Weil ich ihr was getan habe? Weil ich sie den Felsen runtergestoßen habe? Meinst du das?«

Tine schnappte hastig nach Luft. »Es gibt doch so Verdrängungstaktiken, wenn man was Schreckliches erlebt hat, das hatten sie neulich in einer Talkshow, das Gehirn entwickelt solche Strategien und …«

Ich schüttelte den Kopf. »Traust du mir wirklich zu, dass ich jemanden in den Tod stürzen könnte?«

Sie wich meinem Blick aus, schüttelte aber leicht den Kopf.

Na endlich. Aber warum ging es mir dann nicht besser?

Weil ich Angst hatte, dass sie recht haben könnte? Dass ich wirklich etwas verdrängte?

Der Tag verlief von unangenehm über furchtbar bis hin zu schlicht unerträglich. Um zwölf Uhr wollte ich nur noch hier weg. Ich kam mir vor wie eine Leprakranke im Mittelalter. Man ging mir aus dem Weg. Keiner redete mit mir. Leander war nicht in der Schule. In jeder Stunde forderten uns die Lehrer auf, über unsere Trauer zu reden und Erinnerungen an Vanessa auszutauschen. Ich saß starr auf meinem Platz und sehnte mich nach Hause. Als unser Mathelehrer Herr Schramm wortlos Funktionsrechnungen an die Tafel schrieb, hätte ich ihn vor Freude küssen können. Wenigstens einer ließ mich in Ruhe, doch die Stunde war viel zu schnell vorbei. Was dann folgte, überstieg alles bisher Dagewesene. Wir sollten in die Aula kommen, wo eine sichtlich bewegte Frau Herz am Rednerpult stand und mit den Tränen kämpfte. Ein gemaltes Bild von Vanessa lehnte neben ihr, davor lag eine einzige perfekte Lilie. Ich fragte mich, wer das Bild gemalt hatte. Wo es so schnell herkam. Vanessa sah darauf aus wie Ophelia auf einem

Gemälde, das wir neulich im Kunstunterricht besprochen hatten. Wie eine Heilige.

Ich hielt meinen Blick gesenkt und schlich in die allerletzte Reihe. Tine saß neben Gregor, sie hielten sich an den Händen und sahen nicht zu mir. Ganz hinten war niemand. Nur Karolin Witsche in ihrem schwarzen Goth-Umhang. Dies musste der einzige Tag des Jahres sein, an dem sie nicht auffiel. Sie musterte mich träge mit ihren schwarz umrandeten Augen. Und nickte mir zu. Ich nickte zurück, ließ mich auf den Sitz fallen, um die Rede da vorn zu überstehen. Meine Gedanken schwirrten immer wieder zu jenem Tag vor ein paar Wochen zurück, als Leander sich in ebendieser Aula nach Vanessa den Hals verrenkt hatte. So vertieft war ich in meine Gedanken, dass ich erst gar nicht mitbekam, dass Karolin etwas zu mir gesagt hatte.

»Was?«, flüsterte ich.

»Volksfest«, wiederholte Karolin. Sie nickte mit dem Kopf nach vorn, wo jetzt ein Junge mit Gitarre »Angels« von Robbie Williams sang.

»Engel, na klar.« Sie rümpfte verächtlich die Nase. »Ein Engel, der fast jede Nacht um Mitternacht aus dem Fenster geklettert ist und der mir immer Abnehmtipps aufgedrängt hat. Besonders gern, wenn ganz viele Leute dabeistanden.«

»Aus dem Fenster geklettert?«, fragte ich verblüfft.

Sie nickte. »Die Klingers sind unsere Nachbarn.«

Ich hatte keine Ahnung davon gehabt, dass Karolin und Vanessa nebeneinanderwohnten.

»Der Vater ist nett«, fuhr sie leise fort. »Für den tut's mir leid. Die Mutter ist kalt wie Hundeschnauze. Ganz wie die Tochter.«

Ich wusste nicht, was ich sagen sollte. Vorn sprach jetzt Vanessas Klassenlehrer darüber, dass Menschen, die unendlich geliebt worden sind, nie vergessen werden. *Kalt wie Hundeschnauze.*

»Gestern haben sie auch noch bei denen eingebrochen«, informierte mich Karolin weiter. Sie kratzte mit ihren schwarzen Fingernägeln an ihrem Nasenpiercing herum. »In Vanessas Zimmer. Trophäenjäger oder so. Wollen alle noch ein Stück von ihr, als wäre sie ein Promi.«

Die Tür zur Aula ging neben der Bühne auf und die Schulsekretärin steckte ihren Kopf herein. Sie hauchte »Entschuldigung« und sah suchend ins Publikum. Zu mir. Sie deutete mir an, mit ihr zu kommen. Das durfte doch nicht wahr sein. Es war wahr. Vor den Augen aller musste ich nach vorn, meine Sneakers quietschten leise, meine Haare hingen mir ins Gesicht. Ich sah weder nach rechts noch nach links, konzentrierte mich nur auf den grau melierten Kopf der Sekretärin. Es war der längste Weg meines Lebens, die Luft in der Aula dick und schwer und schwül, das Flüstern bösartig wie ein drohendes Unwetter. Endlich hatte ich es geschafft.

»Deine Eltern sind hier«, informierte mich die Frau.

Meine Mutter trug ihre weiße Arbeitskleidung, sie musste direkt von Dr. Rühmers Zahnarztpraxis hierher geeilt sein. Mein Vater stand neben ihr, sein Gesicht zusammengefallen und erschöpft. Sie sprachen mit einem Mann, als er sich herumdrehte, erkannte ich, dass es der Mann von der Kripo war. Mein Herz sauste senkrecht in den Keller.

»Was ist denn?«, fragte ich, das heißt, ich wollte es fragen, aber meine Stimme gehorchte mir nicht ganz. Die Sekretärin schob uns in ihr Zimmer und verschwand diskret.

»Bist du rauschgiftsüchtig?«, platzte meine Mutter heraus, kaum, dass die Tür zu war.

»Tanja, jetzt warte doch mal«, unterbrach sie mein Vater.

»Natürlich nicht«, antwortete ich. Was für eine blöde Frage.

»Du hast aber an dem Abend im Wald was genommen. Keratol. Es konnte noch in deinem Blut nachgewiesen werden.«

»Was?« Ich starrte den Kripo-Mann an.

»Warum machst du das? Dir fehlt es doch an nichts!« Meine Mutter trommelte mit ihren Fingern auf dem Tisch herum. »Du hast uns doch versprochen, dass du so was nie anrühren wirst! Du weißt, was mit Onkel Hannes ist. Du hast es uns versprochen!« Ihre Stimme kippte über.

»Frau Koschatz, bitte.« Der Mann räusperte sich. »Was mich jetzt interessiert, ist eine ehrliche Antwort – hast du die Drogen von jemandem gekauft? Geschenkt bekommen?«

»Nein«, stammelte ich.

»Dann hast du also nichts davon gewusst? Bist du ganz sicher?«

»Nein. Ich meine, ja.« Ich zog an den Ärmeln meines Sweatshirts. »Ich hab so viel getrunken, von irgendwelchen Leuten was genommen, ich meine bekommen …« Ich stotterte. »Was ist das überhaupt?«

Mein Vater schoss meiner Mutter einen »Ich hab's dir doch gesagt«-Blick zu.

»Eine brandneue Designerdroge. Wirkt wie eine Mischung aus Ketamin und Liquid Ecstasy. Halluzinationen – je nach Stimmung euphorisch oder gespenstisch, dann Blackout. Manche Leute zerkratzen sich beim Trip das Gesicht. Daher auch als *Scratch* bekannt«, sagte der Mann von der Kripo. »Bislang sind wir in unserer Gegend davon verschont geblieben, aber die Tatsache, dass du die Droge genommen hast, bedeutet, dass sie hier im Umlauf ist. Uns interessiert natürlich, woher sie kommt, wie du dir sicher vorstellen kannst. Das Zeug ist kreuzgefährlich.«

»Scratch«, wiederholte ich mechanisch. Wovon redete der eigentlich?

»Das würde auch erklären, warum du dich an nichts erinnerst.« Er beugte sich vor. »Ihr den Ohrring rausgerissen zu haben, zum Beispiel. Das ist ja nicht unbedingt normales Verhalten, selbst unter Teenagern, die sich nicht leiden können. Oder hast du ihn irgendwo gefunden und eingesteckt?«

Ich zuckte hilflos mit den Schultern.

»Es könnte natürlich sein, dass dir jemand die Drogen absichtlich gegeben hat. Allerdings bist du nicht vergewaltigt worden und das ist ja meist der Sinn der Sache. Dann hattest du Glück im Unglück, sozusagen.« Er kratzte sich am Kinn. »Wenn dir also noch irgendwas einfällt, wer dir das gegeben haben könnte, wer dort so was verkauft oder ausgeteilt hat, dann lass es uns umgehend wissen. Mehr können wir da leider im Moment nicht machen«, erklärte er meinen Eltern. Er stand auf. Deswegen war er hier?

»Was ist mit Vanessa?«, platzte ich heraus. Was war jetzt mit dem Ohrring, meinte ich wirklich.

Er hob resigniert die Schultern. »So was passiert leider, wenn Jugendliche mit Drogen und Alkohol herumexperimentieren. Wenn die Party in einem Garten stattgefunden hätte, dann würde Vanessa Klinger unter Umständen noch leben. Aber da oben bei den steilen Felsen …« Er schüttelte den Kopf. »Das Walpurgisfeuer wird mit Sicherheit im nächsten Jahr dort untersagt werden.«

Was genau meinte er damit? Hatte Vanessa ebenfalls Drogen verabreicht bekommen? Ich verstand gar nichts mehr, nur, dass ich nicht unter Verdacht stand, schuld an ihrem Tod zu sein, sonst hätte der Mann mich doch mitgenommen, abgeführt, was auch immer. So verabschiedete er sich nur von mir und meinen Eltern, als wir alle wieder vor der Tür des Sekretariats standen. Ich sah ihm ungläubig nach. Es klingelte zur Pause. Schüler strömten in die

Korridore und mit ihnen kehrten die Blicke zurück, das Tuscheln und Flüstern. Ich fragte mich, ob einer von ihnen wusste, was *Scratch* war. Ob einer wusste, was das Zeug für eine Wirkung hatte. Denn dann gab es nur zwei Möglichkeiten: derjenige hatte es selbst nehmen wollen und ich war ihm zuvorgekommen, indem ich was getrunken hatte, das nicht für mich bestimmt gewesen war. Oder er hatte es mir absichtlich untergejubelt. Aber warum?

15

Mai

»Du gehst auf gar keinen Fall in nächster Zeit zu irgendwelchen Partys«, schrie meine Mutter und knallte die leeren Abendbrotteller aufeinander. »Das ist doch lebensgefährlich, so ein Zeug.«

»Ich hab es nicht freiwillig genommen!«

»Unglaublich«, wütete sie weiter. »Und die Polizei macht nichts. Nichts!«

»Wenigstens lebt Lena noch«, sagte mein Vater leise.

»Natürlich, entschuldige.« Meine Mutter schniefte. »Das ist einfach alles ein bisschen viel, ich …« Sie wedelte hektisch mit ihren Händen herum, als ob sie den einsetzenden Tränenfluss damit stoppen wollte, aber es half nichts. Im Nu war ihr Gesicht nass. »Man macht sich einfach solche Sorgen!«

»Lena macht schon keinen Unsinn!« Mein Vater nahm sie in den Arm.

»In was für einer Welt leben wir denn nur, verdammt noch mal?«, rief meine Mutter aus.

»Ich weiß.« Mein Vater streichelte sie sachte und sah mich erschöpft an. Meine Mutter regte sich

113

wahnsinnig schnell auf. Es würde eine Weile dauern, ehe sie sich wieder beruhigt hatte.

Ich floh in mein Zimmer. Die Polizei verdächtigte mich nicht. Aber jemand hatte mir dieses ekelhafte Zeug eingeflößt oder ich hatte im Laufe des Abends den falschen Becher geleert. Hatte ich jemandem den Trip geklaut? Voller Scham erinnerte ich mich an meine wüste, torkelnde Tour über den Lagerfeuerplatz, als ich mir überall einfach was zu trinken genommen hatte. Von dem Typen mit der Camouflage-Hose, von dem Typen mit der Teufelskappe, von Nadine, von Julia, von Tines Bruder, von dem Mädchen aus der Realschule, von Leuten, an die ich mich nicht mal mehr erinnerte. Doch das war es nicht. Denn da war immer noch der Ohrring. Der war ja wohl kaum zufällig in meine Tasche gesprungen. Aber die Polizei verdächtigte mich nicht. Und das sollten, verdammt noch mal, auch alle wissen. Mit Leander würde ich anfangen. Da konnte ich mir gleich meine Kette zurückholen, wenigstens hatte ich so einen Vorwand, bei ihm zu klingeln.

»Ich gehe zu Tine«, rief ich laut und huschte hinter das Haus, wo unsere Fahrräder standen. Tine. Der würde ich es als Nächstes berichten, damit sie endlich aufhörte, mich zu behandeln, als ob ich nicht ganz zurechnungsfähig war.

In Leanders Straße hielt ich an. Bis hierher war ich geradelt wie eine Verrückte, als gälte es, keine Minute zu verlieren. Jetzt wäre ich am liebsten weitergefahren. Die Straße war dämmrig, in Leanders Haus leuchtete warmes Licht aus fast allen Fenstern. Wie würden seine Eltern sich mir gegenüber verhalten? Ich stand genau vor dem Forsythienbusch, hinter dem ich mich vor ein paar Wochen versteckt hatte. Und jetzt lungerte ich wieder hier herum … Ich gab mir einen Ruck und schob mein Fahrrad auf den Fußweg. Dort lehnte ich es an den Zaun, stieg die Stufen zu Leanders Haustür hoch und drückte auf die Klingel.

Ich betete innerlich, dass mir Kimmy öffnen würde. Oder wenigstens Leanders Oma. Hinten im Garten konnte ich die dunklen Umrisse von Leanders Baumhaus erkennen, das seit einiger Zeit Kimmy gehörte. Da drin hatten Leander und ich das erste Mal … Jetzt war nicht der Zeitpunkt, um sentimental zu werden. Ich sah mich noch mal rasch um und nahm eine Bewegung war, dort vorn bei dem Busch. War da jemand? Oder war es nur Leanders Katze? Kurz bildete ich mir ein, Zigarettenrauch zu riechen, ein Zweig knackte. Dann ging die Tür vor mir auf.

»Du?«, fragte Leander.

»Ja, ich.«

Leander gab ein ungläubiges Geräusch von sich, eine Art Schnaufen. Dann schüttelte er den Kopf, wie um sicherzugehen, dass ich keine Vision war.

»Ich …«, setzte ich an, im selben Moment, als Leander »Was …?« sagte.

Ich holte tief Luft. »Ich wollte dir nur sagen, dass ich nichts mit Vanessas Tod zu tun habe. Ich weiß,

115

die halbe Schule denkt irgendwie, ich hätte sie da runtergestoßen, aber das habe ich nicht! Und der Grund, warum ich mich an nichts erinnere, ist, dass mir irgendjemand solche Scheißdrogen verpasst hat.«

Einen Moment lang war da etwas in Leanders Gesichtsausdruck. Etwas Aufmerksames. Nachdenkliches.

Ermutigt fuhr ich fort. »Ich habe es nicht mal gemerkt. *Scratch* heißt das Zeug, ich habe keine Ahnung, was das ist.«

Er sagte immer noch nichts.

»Ich hatte total abartige Visionen, von Hexen und Feuer und …« Ich brach ab. »Dann bin ich eingeschlafen. Das war alles. Als ich aufgewacht bin, da war Vanessa, da war sie …«

Leander schloss gequält die Augen.

»Drogen«, sagte er. »Und jetzt kannst du dich nicht mehr erinnern. Wie praktisch. Dann weißt du ja auch nicht, ob du was mit Nessas Tod zu tun hast oder nicht!«

»Ich bin keine Mörderin, genauso wenig, wie ich Drogen nehme, das weißt du doch, Leander!« Meine Stimme kippte in ein Schluchzen ab. Leander sah schrecklich aus. Die Augen waren rot und von tiefen Schatten umrandet, die Haut fahl, die Haare wirr, das T-Shirt fleckig. Wo war der Rest der Familie?

Er machte einen Schritt auf mich zu. »Dann sieh mir in die Augen und schwöre mir, dass du nichts mit Nessas Tod zu tun hast. Schwöre es mir bei …«

Er sah sich fieberhaft um. »Bei Kimmy. Ich hole Kimmy her und du sagst es mir vor ihr!«

»Die Polizei glaubt nicht …«

»Es ist mir egal, was die Polizei glaubt. Ich will es von dir hören.«

Wie konnte ich das vor Kimmy schwören? Ich hatte keine Ahnung, was vorgefallen war, nachdem ich vor irgendwelchen Spukhexen davongelaufen war. »Das kann ich nicht.« Meine Stimme war kaum mehr als ein Flüstern.

»Eben.« Leander sah mich kalt an und in diesem Moment loderte meine Wut auf Vanessa wieder auf. Selbst nach ihrem Tod trieb sie einen Keil zwischen uns. Die verblassten Küsse, das Echo ihrer Stimme, die Erinnerung an sie, die auf immer und ewig als papierdünne Barriere zwischen uns stehen würde. Sie hatte mir nicht nur meine Zukunft mit Leander gestohlen, sondern auch meine Vergangenheit. Er hasste mich jetzt. Und damit hasste er auch alles, was es je zwischen uns gegeben hatte.

Mir fiel auf einmal etwas ein. »Wo warst *du* überhaupt?«, fragte ich ihn. »Du hast nicht im Zelt geschlafen, stimmt's? Ich hab es gesehen. Du kamst von zu Hause, du hattest dich umgezogen. Warum?«

»Ja, ich war zu Hause. Ich bin eher gegangen. Und du bist die Letzte, der ich sage, warum.« Trotz des scharfen Tons wirkte er hilflos. Verzweifelt. Garantiert hatten sie sich gestritten. So sehr gestritten, dass er ihr den Ohrring abgerissen hatte? Auf die Idee war ich überhaupt noch nicht gekommen.

»Hast du ihr den Ohrring abgerissen? Vor lauter Wut?« Der Typ aus dem Wald fiel mir ein, der mit der Camouflage-Hose. »Weil sie mit anderen Typen rumgemacht hat, genau vor deiner Nase?«

»Du bist abartig.« Er griff nach dem Türknauf. »Tschüss.«

»Auch wenn du es mir sowieso nicht glaubst – ich hab sie gesehen. Im Wald. Mit einem anderen.«

Im ersten Moment dachte ich, er würde mir die Tür vor der Nase zuschlagen, aber er hielt inne. »Und wenn es so wäre«, sagte er. »Nessa war eben was ganz Besonderes. Du wirst das nie verstehen.«

Ich wollte nicht mehr über Vanessa reden. Plötzlich fühlte ich mich unendlich müde. »Kannst du mir bitte meine Kette holen«, fragte ich. »Dann gehe ich.«

»Deine Kette?«

»Meine Glückskette, du weißt schon. Ich habe sie nicht verloren. Sie liegt unter deinem Bett.«

»Wieso denn das?«

»Weil ich sie selbst dahin gelegt habe.« Er schien immer noch nicht zu begreifen, also musste ich wohl deutlicher werden. »Ich wollte sie mir irgendwann wiederholen. Nachdem du sie gefunden hättest. Hätte ich noch einmal einen Grund gehabt …« Ich biss mir verlegen auf die Lippe. Wie kindisch mir das jetzt vorkam. Aber das war egal. Alles war egal, denn nichts war mehr, wie es sein sollte.

»Warte hier.« Er machte die Tür vor mir zu, und das schmerzte mehr als alles andere. Leander hatte

Angst, dass ich ihm ins Haus, in sein Zimmer folgen könnte. Er wollte mich draußen vor der Tür haben, ich durfte seine Welt nicht mehr betreten. Mittlerweile war es fast dunkel geworden, die Luft hatte sich abgekühlt, roch aber immer noch süß nach Flieder. Ich fröstelte. Schritte erklangen hinter der Tür, Leanders Umriss erschien wieder hinter der Glasscheibe in Kopfhöhe. Die Tür ging auf. Er hielt mir wortlos meine Kette hin, ich nahm sie entgegen, mein Finger streifte dabei seinen. Leander zuckte sofort zurück. Würde das die letzte Berührung unseres Lebens sein?

»Danke.«

Die Tür ging wieder zu und ich heulte den ganzen Weg zurück.

16

Mai

Der Platz vor der Trauerhalle war voller Leute, es schien, als ob die halbe Schule, wenn nicht sogar die halbe Stadt gekommen war. Die Beisetzung würde irgendwann in ein paar Tagen stattfinden, nur im engsten Familienkreis. Mädchen stützten sich gegenseitig, niemand redete laut, die meisten sahen nach unten, ein Blumenmeer verströmte penetrant süßlichen Geruch, kein Lüftchen wehte, um ihn zu vertreiben.

Lange hatte ich in den letzten Tagen mit mir gekämpft, ob ich zu Vanessas Trauerfeier gehen sollte oder nicht. Ich verspürte nicht die geringste Lust darauf, aber wenn ich nicht ging, sah es aus wie ein Eingeständnis meiner Schuld. Dass es keine »Schuld« gab, würden die wenigsten so sehen und ganz besonders nicht der harte Kern des Vanessa-Klinger-Fanklubs. Letztendlich hatte ich mir gesagt, dass ich mir nichts vorzuwerfen hatte, außer ein paar unter Alkoholeinfluss gestammelten Verwünschungen. Das war nichts, gar nichts im Vergleich zu dem, was manche Leute an unserer Schule sich so an den Kopf warfen. Was manche Mädchen hinter dem Rücken ihrer besten Freundinnen tratschten. Was im Internet kursierte. Was man *mir* geschrieben hatte.

Ich sah mich suchend um und entdeckte Tine, Julia, Nadine und Sarah unter einem Kastanienbaum. Seitdem ich Tine vor ein paar Tagen alles von dem unfreiwillig genommenen *Scratch* berichtet hatte, war sie wieder zugänglicher geworden. Offenbar hatte es sich auch herumgesprochen, denn die Leute in der Schule starrten mich zwar immer noch an, aber nicht mehr so feindselig. Und doch … Es gab einen Riss, das ließ sich nicht leugnen. Ich merkte es daran, dass Nadine mich mied, dass Julia mich in Englisch nicht mehr dauernd verzweifelt nach irgendwelchen Übersetzungen fragte, und daran, wie sie mir jetzt alle vier entgegenblickten, als ich zu ihnen trat. Es herrschte die Art angespannte Stille, die mir signalisierte, dass sie wahrscheinlich gerade über mich geredet hatten.

Nadine hielt einen kleinen Strauß Maiglöckchen in der Hand, in den sie jetzt ihr Gesicht tauchte, die Augen geschlossen.

»Werdet ihr was sagen?«, fragte Sarah nervös. »Ihre Eltern haben wohl verlauten lassen, dass sie sich freuen würden, wenn Freunde etwas über Vanessa erzählen. Über ihr Leben und wie sie war und wie tief sie andere berührt hat und so.«

Tine schüttelte stumm den Kopf.

»Ihr Lieblingsspruch war von John Lennon«, meldete sich Julia unerwartet. »Life is what happens to you when …« Sie stockte.

»… you are busy making other plans«, half ich ihr aus. »Woher weißt du denn, dass es ihr Lieblingsspruch war?«

»Es stand auf ihrem Hefter«, murmelte Julia. »In Geschichte. Da saß sie vor mir.«

»Das könntest du erzählen«, ermunterte Nadine sie. »Ich sag auch was. Also, wenn ich es schaffe.« Sie zog ein kleines Taschentuch heraus und tupfte sich die Augen. »Sie war eine Inspiration. Wusstet ihr, dass sie als Ärztin nach Afrika wollte? Ein Mittel gegen Aids finden?«

Ich biss mir auf die Zähne. Ganz fest. Damit ich das hier aushielt.

Gregor kam zu uns und schlang von hinten seine Arme um Tine. Sie lehnte sich an ihn. Es war, als hätten wir Rollen getauscht. Vor nicht allzu langer Zeit wäre ich es gewesen, die sich an ihren Freund schmiegte, während Tine mit den andern Mädchen danebenstand.

Aus der Trauerhalle erklang jetzt leise klassische Musik, so traurig, dass es mir kalt den Rücken hinunterrieselte. Der Tag wurde immer schöner, die Bäume blühten üppig und duftend, die Vögel zwitscherten um die Wette, das Leben schien regelrecht zu explodieren, und dort, in der Halle, wartete der Tod.

Weiter vorn entdeckte ich kurz eine Frau mit Sonnenbrille, schwarzem Hut und starrem Gesicht. Vanessas Mutter? Ein grauhaariger Mann, der aus dem Audi neulich, stand neben ihr. Er presste gerade

Daumen und Zeigefinger an die Stirn und sah nach unten. Nicht weit von ihnen entfernt befand sich Leander. Sein Blick irrte umher, ich duckte mich automatisch, aber er hatte mich bereits entdeckt. Kurz hob er die Hand, als ob er mir winken oder irgendetwas signalisieren wollte, doch dann erstarb die Bewegung und er drehte sich schnell weg. Ich fragte mich gerade, was das zu bedeuten hatte, als eine Frau uns ansprach.

»Wird einer von Ihnen etwas sagen?«, fragte sie mit gedämpfter Stimme. »Wir würden gern wissen, wie viele es noch werden.«

Wie viele es noch werden. Ihre Liste war offenbar bereits endlos lang. Die Trauerfeier würde Stunden dauern. Ich hatte plötzlich das Gefühl zu ersticken und atmete so tief ein, wie ich nur konnte.

»Sie, ja?«, fragte die Frau. Sie sah mich dabei an, hatte mich offenbar total missverstanden. Alle sahen mich jetzt an. Ihre Blicke sprachen Bände, auch Tines, leider. Ich zählte nicht. Immer noch nicht, obwohl nun allseits bekannt war, dass Vanessas Tod ein tragischer Unfall gewesen war. Ein Unglück, wie es auf Teenagerpartys leider hin und wieder vorkam. Vanessa war aus irgendwelchen Gründen im Dunkeln hoch zum Weg gelaufen, wahrscheinlich als sie nach Hause wollte, oder vielleicht musste sie auch nur mal, dort war sie gestrauchelt und auf dem kleinen Vorsprung gelandet. Beim Versuch, sich wieder hochzuziehen, war sie abgerutscht und in die Tiefe gestürzt. Sie hatte wohl ebenfalls eine Menge Alkohol intus gehabt, die Information war irgendwie durchgesickert, auch wenn die Familie Klinger alles getan hatte, um dies zu verhindern. Ob sie alleine gewesen war, konnte man nicht mehr rekonstruieren, da die trampelnden Horden am nächsten Morgen durch ihre Kletteraktionen jegliche Spuren verwischt hatten. Ein paar Köpfe würden sicher rollen, weil der Weg nicht richtig abgesichert gewesen war. Und den Ohrring, da waren sich alle einig, hatte ich Bestie ihr in einem eifersüchtigen Kampf abgerissen, auch wenn es dafür keine Zeugen gab. Aber so, wie ich mich aufgeführt hatte, überraschte das ja keinen.

Und deshalb war ich kein Trauergast der ersten Klasse wie Tine, Nadine, Julia oder gar Leander. Ich war Trauergast der vierten oder der fünften Klasse, mindestens eine Stufe unter Goth-Girl Karolin und wahrscheinlich nur geduldet, damit ich mich richtig öffentlich schämte, denn das wollte der Mob sehen.

»Ich?«, fragte ich erschrocken zurück. »Nein, ich werde nichts sagen.« Und ich konnte das hier nicht. Es ging nicht, ich musste weg.

Ich lief einfach los, ließ sie alle stehen, ließ die schwarze Masse von Trauergästen, die sich wie ein lebender Organismus vorwärts in die Halle schob, hinter mir und atmete erleichtert auf, als ich die Hauptstraße erreichte.

Ohne nachzudenken ging ich in die kleine Coffeebar, die vor ein paar Wochen hier aufgemacht hatte. Ich brauchte etwas zu trinken, etwas Eiskaltes. Sie hatten frisch gepressten Orangensaft, Apfelsaft, Holunderschorle und Wasser.

»Ein Wasser bitte«, sagte ich, den Blick immer noch auf die Auslagen gerichtet. Es sah alles lecker aus, aber ich würde nichts runterkriegen, das wusste ich.

»Hey, dich kenne ich doch, oder?«, fragte eine Stimme.

Ich sah auf. An der Kasse stand ein Mädchen mit blauer Brille, langen braunen Haaren und schwarzer Schürze. Sie kam mir vage bekannt vor.

»Ja, irgendwie …« Ich lächelte höflich. Woher kannte ich die nur?

»Walpurgisnacht«, sagte sie plötzlich und tippte mit dem Finger in meine Richtung. »Oben bei den Felsen, stimmt's? Du hast dich so über Vanessa Klinger aufgeregt.«

Ich starrte sie an. Das konnte ich jetzt echt nicht gebrauchen, sollte ich wieder gehen? Aber sie plapperte schon munter weiter. »Ich hab dir von meinem Bruder erzählt, den hat sie doch total lächerlich gemacht und er war so fertig deswegen, weißt du nicht mehr?«

»Ach ja.« Jetzt fiel es mir wieder ein. Das Mädchen aus der Realschule, die mir mit ihrem Bruder auf den Geist gegangen war.

»War ja schon ein bisschen unheimlich, dass die dort abgestürzt ist«, fuhr sie fort und drückte langsam den Hebel der Espressomaschine herunter. »Hexenfelsen und Hexennacht und so. Glaube nicht, dass ich da noch mal hingehe.«

125

»Die Wiese beim Felsen wird wohl sowieso gesperrt«, antwortete ich. Sonderlich ergriffen schien das Mädchen nicht von Vanessas Tod zu sein. Was sie beschäftigte, war mehr so ein voyeuristischer Grusel, so kam es mir zumindest vor.

»Ansonsten war es schon eine geile Party, was?« Sie stellte zwei Tassen mit Milchkaffee auf kleine Teller und trug sie zur anderen Seite des Verkaufstresens, wo ein älteres Paar wartete. Dann kam sie zurück. »Für dich also ein Wasser, ja? Sonst noch was?«

»Nein, danke.« Geile Party? Hatte die das wirklich gerade gesagt?

»Ich hab total coole Fotos gemacht, wollte ich eigentlich auf Facebook stellen, aber irgendwie kam es mir dann ein bisschen komisch vor, wegen … na, du weißt schon.« Sie zerrte die Kühlschranktür auf und holte ein Sprudelwasser raus. »Ist ja ein bisschen blöd, Fotos reinzustellen, wenn da jemand gestorben ist. Schade drum. Ich glaube, du warst auch ein paarmal drauf.«

»Ach, sag bloß.« Meine Gedanken wirbelten durcheinander wie in einem Tornado. Die hatte ein Foto von mir von der Walpurgisnacht? »Könnte ich die Fotos mal sehen?«, platzte ich heraus. Vielleicht ergab sich da ja irgendein Hinweis, irgendwas …

»Klar.« Sie blickte kurz zum Eingang. »Ist eh tote Hose hier.« Rasch zog sie ihr Telefon aus der Hosentasche und drückte darauf rum. »Hier gehen sie los, guck.« Sie reichte mir ihr Handy und ich betrachtete

Bild um Bild von aufgerissenen, lachenden Mündern, von Leuten, die ich nicht kannte, Mädchen, die Grimassen zogen oder affig posierten, Fotos von einem Stück Holz, von der Strohpuppe, vom Feuer, von küssenden Paaren. Einmal sah ich Tines Arm um Gregors Rücken, einmal Nadine aus der Ferne, daneben mich selbst, wie ich auf sie einredete. Da hatte ich gerade meinen Monolog zum Thema Vanessa Klinger gehalten. Allein der Anblick des Bildes trieb mir die Schamesröte wieder ins Gesicht. Ansonsten kannte ich niemanden, außer dem blöden Typen mit der Teufelskappe und dem Puddinggesicht, der war gleich auf mehreren Bildern.

»Wieso hast du den denn dauernd fotografiert?«, fragte ich und zeigte ihr ein Foto.

Sie sah mich überrascht an. »Na, das ist doch mein Bruder. Mein Bruder Ben. Von dem ich dir erzählt habe!«

»*Das* ist dein Bruder?« Ich hielt inne. Irgendwo in meinem Kopf setzte sich ein kleines Rädchen in Bewegung. »Das ist dein Bruder?«, wiederholte ich. Das hatte etwas zu bedeuten, ich wusste nur nicht richtig, was. Der Typ hatte mir was zu trinken gegeben. Nein – ich hatte es ihm einfach weggenommen. Den Met. Trotzdem. Er hatte sich bei mir über Vanessa ausgelassen. Und was hatte seine Schwester gerade gesagt? Vanessa hatte ihn lächerlich gemacht? Ich betrachtete die letzten Fotos. Auf einem war ich deutlich zu sehen, ich saß auf dem Boden, alleine, mit schreckgeweiteten Augen. Da war ich bereits total hinüber, wahrscheinlich sah ich da schon lauter Hexen, mein Gesicht ein einziger Horror. Ich fragte mich jetzt wirklich, warum das niemandem aufgefallen war, ich wirkte völlig verstört, wie ein Kriegsopfer oder so. Das letzte Bild zeigte wieder Ben. Ohne Teufelskappe. Er hielt die Hand abwehrend ausgestreckt, als ob er nicht fotografiert werden wollte. Und sein Gesicht zierte jetzt eine riesige Schramme …

»Kann ich …«, ich wusste nicht, wie ich mich ausdrücken sollte, und entschied mich für den direktesten Weg. »Kann ich deinen Bruder mal anrufen? Ich würde ihn gern was fragen.«

»Ja, klar.« Sie strahlte mich an. »Du kannst sogar jetzt gleich mit ihm sprechen, er arbeitet doch auch hier. Das Café gehört unseren Eltern. Er wird sich freuen.«

»Warum wird er sich freuen?« Meine Haut fing auf einmal unangenehm an zu jucken.

»Weil ich weiß, dass er dich gern wiedersehen wollte. Wie heißt du eigentlich?« Sie öffnete die Tür zu einem Raum hinter dem Café, wahrscheinlich ein Lagerraum oder eine Küche.

»Lena.« Meine Stimme klang, als hätte sie jemand mit dem Reibeisen bearbeitet.

»Ben?«, rief sie nach hinten. »Hier ist jemand für dich. Eine gewisse Lena!« Sie zwinkerte mir zu. »Ich bin übrigens Sina. Muss dann mal wieder.« Im Handumdrehen setzte sie ein professionelles Lächeln auf und wandte sich an jemanden neben mir. Eine dicke

Frau, die ich gar nicht bemerkt hatte und die schon ungeduldig mit den Fingern trommelte. »Was darf es denn sein?«

Ich trat wie ferngesteuert zur Seite, den Blick auf die Tür hinter dem Tresen gerichtet, die sich jetzt langsam öffnete. Da stand er. Er kam mir kleiner vor als bei unserer letzten Begegnung und irgendwie unscheinbarer, was wahrscheinlich daran lag, dass er jetzt nüchtern und nicht als Teufel verkleidet war. Als er mich entdeckte, leuchteten seine Augen auf.

»Du bist es. Mann, ich glaube es ja nicht. Du besuchst mich!«

»Ich bin nur zufällig hier«, korrigierte ich ihn sofort. »Ich hab gerade erst erfahren, dass du hier arbeitest, ich wollte dich nur was fragen.«

»Alles. Frag mich alles. Setz dich doch.« Er berührte meinen Arm, eine Geste, die mir einen Touch zu vertraulich erschien. Ich wich ihm aus, setzte mich aber an einen kleinen Tisch in der Ecke.

»Willst du was trinken? Essen? Geht alles aufs Haus.« Er strahlte mich an.

»Nein, danke. Mir reicht das Wasser«

»Unsinn. Du kostet jetzt mal meine Kreation. *Special Chocochino*. Sina?« Er gab seiner Schwester ein Zeichen. »Machst du mal zwei Chocos für uns?« Er setzte sich mir gegenüber.

Ein Sonnenstrahl hüpfte auf dem kleinen runden Tisch zwischen uns herum, sprang auf Bens Hand und dann auf meine, als wolle er uns mit Macht zusammenführen.

»An dem Abend«, begann ich ohne Einleitung, »habe ich Drogen genommen.«

Bens Augen wurden groß.

»Nicht absichtlich. Entweder hat sie mir jemand gegeben oder ich hab aus Versehen was getrunken. Hast du irgendwas mitgekriegt? Wer Drogen hatte oder angeboten hat oder so?«

Er schüttelte den Kopf.

»Es war ein schreckliches Zeug. *Scratch*, was Neues. Ich war total hinüber.«

Hier nickte er sofort. »Das warst du aber echt.«

Das überraschte mich jetzt. »Du hast mich noch gesehen?« Ein Gedanke blitzte in meinem Kopf auf. »Hast du vielleicht auch gesehen, ob ich Vanessa ihren Ohrring abgerissen habe? Der war aus irgendeinem Grund in meiner Tasche.«

»Nein.« Das kam einen Tick zu schnell.

Sina trat an unseren Tisch und stellte zwei Tassen vor uns ab, jede groß genug, um einen halben Liter zu fassen. In ihnen dampfte etwas, das mit weißem Schaum und hellbrauner, klebriger Soße dekoriert war.

»Danke.« Ich lächelte ihr zu. Mein Magen wehrte sich bereits gegen das Gebräu.

»Du hast also nichts gesehen?«

Etwas hatte sich an ihm verändert. Das euphorische Strahlen war einer gewissen Vorsicht gewichen. »Bist du wegen Vanessa hier?«

»Nein. Also indirekt doch. Ich verstehe einfach nicht, wie der Ohrring zu mir kam. Keiner hat uns beide zusammen gesehen. Ich kann mich an nichts erinnern. Ich hab irgendwas getrunken …« Ich brach ab, weil mir etwas einfiel. Der »Met«, dieses süße hochprozentige Mischzeug. Was mochte da sonst noch drin gewesen sein? »Du hast mir auch was zu trinken gegeben!«

»Ja, hab ich. Aber ich habe dich bestimmt nicht mit Scratch oder sonst was abgefüllt. Ich wüsste gar nicht, wo ich so etwas herbekommen sollte. Und überhaupt – warum sollte ich?« Er griff plötzlich nach meiner Hand und hielt sie fest. An seinem Daumen war ein fast verheilter Kratzer zu sehen. Ein Kratzer.

Eine Erinnerung kam schlagartig zurück. »Du hast mich umarmt an dem Abend. Du hättest mir dabei den Ohrring in die Tasche stecken können.«

»Und warum sollte ich das tun?« Er beugte sich rasch über seine eimergroße Tasse.

»Das weiß ich nicht. Ich habe keine Ahnung. Aber du hattest an dem Abend plötzlich einen Kratzer im Gesicht. Woher? Von Vanessa? Hast du ihr den Ohrring abgerissen? Du warst doch auch sauer auf sie?«

Ich wollte meine Hand zurückziehen, aber sein Griff war eisern, das traute man ihm gar nicht zu. »Lass mich los.«

»Lena. Schöner Name übrigens. Passt zu dir. Lass uns nicht über den schrecklichen Abend reden. Ich freue mich total, dass du hier bist.«

»Lass los!«

Er hob entschuldigend die Hände. »Okay. Sorry.«

Er trank einen Schluck. »Ich bin durch den Wald gelaufen. Musste mal. Da ist mir ein Zweig ins Gesicht geklatscht. Ich habe nichts mit Ohrringen oder Drogen zu tun.«

Ich antwortete nicht. Seine Augen huschten unsicher hin und her, irgendwas verbarg er vor mir.

Er schlürfte den Schaum ab. »Koste doch mal.«

Ich beugte mich über die Tasse, wich zurück. Das klebrig braune Zeug war Karamell. Plötzlich schien die Luft davon durchdrungen zu sein.

Ben leckte sich genüsslich die Lippen. »Es ist schrecklich, dass Vanessa an dem Abend gestorben ist. Ich mochte sie auch, das weißt du ja. Aber trotzdem war der Abend schön, denn ich habe dich kennengelernt. Und jetzt sitzt du vor mir. Bislang hatte ich immer nur dein Foto.«

»Du hast ein Foto von mir?« Ich konnte es nicht glauben. Der Karamellgeruch war jetzt allgegenwärtig, in wenigen Sekunden würde ich ihn durch Osmose aufnehmen und er würde für immer in mir brodeln und dampfen und mich bei jedem Atemzug an Vanessa erinnern.

»Zeig mir das Foto.«

Er freute sich. Holte sein Handy heraus und drückte darauf herum. »Hier.« Er hielt es hoch.

Mir wurde noch übler. Es zeigte mich, wie ich ganz alleine im Gras saß, meine Finger in den Boden gekrallt, den Mund leicht offen, die Haare verschwitzt, den Blick stier in die Ferne gerichtet. Ich sah total debil aus.

»Ich will, dass du das löschst.«

»Wieso denn?« Er strich sacht mit dem Finger darüber. »Du siehst da aus wie eine Prinzessin.« Er lächelte. »Eine Punk-Prinzessin oder so.«

Ich sprang auf, stieß dabei den Stuhl um. »Du hast sie ja nicht mehr alle.«

Er sprang ebenfalls auf, erschrocken. »Hey, Lena, was wirst du denn da so aggressiv?« Er beugte sich zu mir, ich roch seinen Atem, widerlich nach Karamell. Wenn ich nicht sofort hier rauskam, würde ich quer über den Tisch kotzen. Ich drehte mich ohne ein weiteres Wort um und ging.

»Kommst du noch mal wieder?«, rief er mir hinterher. »Kann ich dich anrufen?«

»Lösch das Scheißbild!«, schrie ich zurück. Durch die Fensterscheibe konnte ich das erstaunte Gesicht seiner Schwester sehen, neben ihr stand jetzt eine Frau, wahrscheinlich ihre Mutter, aber ich lief weiter. Warum hatte ich mich nur auf ein Gespräch eingelassen? Erfahren hatte ich nichts, außer, dass ein Verrückter sich immer mein Foto ansah. Und dass er nichts mit den Drogen zu tun hatte oder mit dem Ohrring. Angeblich. Aber irgendwas *hatte* er gesehen. Da war ich mir jetzt sicher. Verdammt sicher.

17

Mai

Ich sah mich in Tines Zimmer um. Seit der Trauerfeier hatten wir öfters miteinander telefoniert, ja sogar einmal wieder gelacht, als sie mir gebeichtet hatte, wie sehr ihr vor Wacken und dem Gedröhne der Metalbands graute. Aber so richtig zusammen abgehangen hatten wir schon ewig nicht mehr. Sie hatte nie Zeit, traf sich mit Gregor oder musste ihren Eltern bei der Hausrenovierung helfen. Auf ihrem Schreibtisch stand jetzt ein Foto von Gregor mit Gitarre, ein Paar neue blaue Korksandalen lagen auf dem Fußboden und auf dem Schreibtisch befanden sich irgendwelche Kataloge. An der Wand hingen Fotos von ihr, von ihr und Gregor, von uns und seit Neuestem auch von ihr und Nadine. Na gut. Ganz links oben befand sich immer noch das Foto von uns beiden, auf dem wir zehn Jahre alt waren und in identischen *Secret Girls* T-Shirts in die Kamera grinsten. Damals waren wir unzertrennlich, stritten uns fast nie. Eigentlich nur, wenn wir Spion spielten. Weil Tine sich viel besser merken konnte, wie Leute aussahen, welche Autos wo verdächtig lange parkten und so weiter. Dafür konnte ich *Secret Girls* schon damals besser aussprechen.

»Willst du Schorle?«, rief Tine aus der Küche ihrer Eltern.

»Ja«, rief ich zurück. Ich schmiss mich in einen Bean-Bag auf dem Fußboden, kickte meine Schuhe weg und schloss kurz die Augen. Alles würde wieder ins Lot kommen. Zumindest zwischen mir und Tine, Nadine konnte mir gestohlen bleiben. Die Leute gingen langsam wieder zur Tagesordnung über, vielleicht redete Leander sogar irgendwann wieder neutral mit mir. Sein Herz würde kalt bleiben und meins zerrissen, aber ich konnte es nicht ändern.

»Und Schokolade«, schrie ich hinterher. Wenigstens hatte ich noch meine beste Freundin. In wenigen Monaten war das Schuljahr zu Ende und dann würde ich mit Tine San Francisco unsicher machen. Bei ihrer Tante. Schon vor Monaten hatten wir uns das ausgedacht, die ganze Zeit war ich ein bisschen unentschlossen gewesen, weil Leander alleine hierbleiben würde, aber diese Sorge hatte sich ja nun erledigt. Wir mussten unbedingt demnächst unseren Flug buchen. Je weiter weg ich von unserer Stadt war, umso besser. Dann musste ich auch nicht mehr damit rechnen, irgendwo auf diesen Ben zu treffen, dessen Gesicht ich dauernd in der Menge zu sehen glaubte und von dem ich mir sicher war, dass er ein paarmal bei mir zu Hause angerufen hatte. Zum Glück ging ich aus Prinzip nicht mehr ans Telefon, sodass er immer nur meine Eltern erwischt hatte, die verärgert »Hallo? Hallo, wer ist denn da?« gerufen hatten. Er musste Nachforschungen über mich angestellt haben, aber zum Glück war er nicht bis zu meiner Handynummer vorgedrungen.

Ich fand ihn schleimig und wollte nicht mehr darüber nachdenken, was es war, das er mir über den Abend am Hexenfelsen verschwieg. Ich wollte den Abend am liebsten aus meinem Kopf schneiden.

In der Küche schepperte es laut, Glas klirrte. »Mist«, fluchte Tine. »Sorry! Kleine Katastrophe, ich komme gleich.«

»Nur keinen Stress«, rief ich zurück. Ich stand wieder auf und griff mir den Katalog von ihrem Schreibtisch. Es waren keine Klamotten, es war ein Prospekt über San Francisco. Einige Sachen waren mit kleinen Kreuzchen markiert. Die *Golden Gate Bridge*, das Hippieviertel und *Alcatraz*, das Gefängnis auf der Insel. Na, da konnte Tine alleine hingehen. Hauptsache, ich lernte so viel Englisch wie möglich.

Tine kam herein, reichte mir ein Glas und ließ sich in den zweiten Bean-Bag fallen. Ich legte den Prospekt zur Seite.

»Extra für Wacken gekauft?« Ich deutete auf die Korksandalen.

Sie seufzte. »Hör bloß auf. Hoffentlich regnet es nicht. Das halte ich nicht aus. Metalmusik alleine ist ja schon schrecklich, aber Metal und Schlamm und fettige Haare …«

»Ach, Gregor wird dich schon trocken halten.«

Sie grinste. »Manchmal kann ich es immer noch

nicht glauben, dass wir jetzt zusammen sind. Es gibt doch noch so was wie Schicksal.«

»Ja«, sagte ich. Es kam spröder heraus, als beabsichtigt. Tine merkte es sofort.

»Entschuldige«, sagte sie hastig. »Das hab ich nicht so gemeint.«

»Ist schon gut. Vielleicht hast du ja recht. Vielleicht ist es Schicksal, dass alles so passiert ist, wie es passiert ist.«

Eine unangenehme Pause entstand und so fuhr ich schnell fort. »Und vielleicht ist es auch Schicksal, dass ich in San Francisco in einem Pink Cadillac herumfahren und dort meinen neuen Traumprinzen treffen werde – Josh oder Jack, Gitarre spielender Surfer mit süßen Grübchen und einem Faible für deutsche Mädchen und so.«

Zu meiner Verblüffung lachte Tine nicht, sondern zwirbelte verlegen eine Haarsträhne zwischen den Fingern. Sie räusperte sich leicht. »Wegen San Francisco, Lena, da wollte ich sowieso noch mal mit dir reden.«

»Was denn?« Eine dumpfe Vorahnung überfiel mich.

»Das wird doch nichts. Ich meine, ich fliege. Aber meine Tante will nicht die Verantwortung für noch ein Mädchen übernehmen.«

»Was?« Mehr brachte ich nicht heraus.

Sie verzog entschuldigend ihren Mund. »Es ist Scheiße, ich weiß. Ich hatte mich auch total gefreut. Und ohne dich wird es todlangweilig.«

»Aber es war doch alles abgesprochen.« Ich konnte es nicht fassen. »Deine Eltern haben ihr Okay gegeben, meine auch, was hat sich denn geändert?«

»Na ja, meine Eltern haben Schiss, San Francisco ist ein gefährliches Pflaster und sie wollen nicht, dass ich da alleine mit einer Freundin herumziehe, dort gibt es 'ne Menge Drogen und Zeugs und …«

Und plötzlich verstand ich. Ihre Eltern hatten Angst, Tine mit *mir* fahren zu lassen. Es hatte gar nichts mit ihrer Tante zu tun. *Ich* war der unberechenbare Faktor in der ganzen Sache. Psycho-Lena. Die von wildfremden Leuten Drogen annahm und Dinge tat, an die sie sich hinterher nicht mehr erinnern konnte.

»Ach so«, krächzte ich. Der Bean-Bag sackte unter mir zusammen, ich rollte beinahe hinaus.

»Ich bring dir was mit«, fuhr Tine fort, ihre Augen voller Mitleid. »Und, Mann, in einem Jahr sind wir achtzehn, da können wir machen, was wir wollen. Da fliegen wir noch mal zusammen und ich kenne mich dann schon dort aus und …«

Ich hörte nicht mehr zu. Mein Blick hielt sich an einem Poster über Tines Bett fest. Es zeigte *Filbert Street*, die steilste Straße in San Francisco mit ihren bunten Häuschen und den Autos davor, die durch die Schräge ganz schief geparkt wirkten. Tine würde dort alleine entlangschlendern. Bei ihrer Rückkehr wahrscheinlich besser Englisch reden als ich.

»Ich muss los.« Abrupt stand ich auf.

»Du bist doch nicht sauer Lena, oder? Es tut mir echt total leid. Und wieso willst du schon weg, du wolltest mir doch von diesem Typen erzählen, dem aus dem Café? Wie hieß er gleich, Bert?«

»Ben. Ein andermal.« Ich zwang mich zu einem Lächeln. »Hab ganz vergessen, dass ich mit meiner Mutter verabredet bin. Zum Shoppen.«

Ben. Der hatte mir heute bei Facebook eine Freundschaftsanfrage geschickt. Wie es aussah, war er der Einzige, der überhaupt noch etwas von mir wissen wollte.

Die Autos meiner Eltern standen zum Glück noch nicht vor unserem Haus, Gott sei Dank. So musste ich mich wenigstens nicht, wie so oft in letzter Zeit, verstohlen von meiner Mutter mustern lassen, ob ich irgendwelche Anzeichen von Drogensucht zeigte. Unnatürlich geweitete Pupillen und irres Grinsen oder zwanghaftes Kauen. Mein Onkel Hannes, der Bruder meiner Mutter, war Alkoholiker. Ein jahrelang gut funktionierender Alkoholiker, ein Arzt sogar, der irgendwann vor lauter Stress auch noch zu Tabletten gegriffen hatte und mittlerweile seinen Beruf nicht mehr ausüben konnte. Meine Mutter war überzeugt davon, dass das Gen in uns allen schlummerte. Ich schloss unsere Haustür auf, dann schaffte ich noch schnell mein Fahrrad nach hinten. Einen Moment lang glaubte ich etwas zu hören. Jemanden zu hören. Ich sah mich kurz um, doch da war nur unsere nachmittägliche Straße, und so huschte ich ins Haus, schmiss meine Schuhe in den Flur und begab mich in die Küche. Es klingelte.

Ich hielt mitten in der Bewegung inne. Hatte dieser blöde Ben etwa meine Adresse herausgefunden? Jemand anderes kam in letzter Zeit kaum zu mir, der Briefträger legte unsere Pakete vorn am Zaun in eine extra dafür angebrachte Box, die Nachbarn waren alle arbeiten. Wieder klingelte es, diesmal drängender.

Ich ging zurück zur Tür, gab mir einen Ruck und öffnete sie. Vor mir stand der letzte Mensch auf der Welt, mit dem ich gerechnet hatte.

Vor mir stand Leander.

18

Juni

Die drei sind vor die Tür gegangen, haben sie aber offen gelassen. Der Mann mit der Wollmütze hat uns immer noch im Blick. Mir fällt auf, dass er keine Tätowierungen wie die anderen hat. Seine Mütze sieht handgemacht aus und ich frage mich, wer ihm die geschenkt hat. Es ist wohl eher unwahrscheinlich, dass er sie selbst gestrickt hat. Irgendwo da draußen gibt es eine Frau, die ahnungslos Mützen für Kriminelle strickt. Oder weiß sie Bescheid? Schenkt sie ihm zu Weihnachten jedes Jahr eine Mütze mit den Worten »Damit du beim Kidnapping nicht frierst«?

Ich weiß nicht, warum ich über so etwas nachdenke. Um mir vorzustellen, dass er eine nette, freundliche Seite hat? Um mich auf andere Gedanken zu bringen?

»… und dann?« Das klingt wie der Albino. »Was für ein Scheiß, Alter. Das geht nicht.«

»… noch mal dasselbe?« Das ist Skarabäus, da bin ich mir sicher. »… ein Unfall, Mann.«

»… machen wir, was Max sagt.«

»Nein, verdammt noch mal!«

Wir können Fetzen ihrer zischenden Auseinandersetzung hören, einer heißt also Max – aber nützt mir das was? Werde ich je die Gelegenheit haben, mit der Information etwas anzufangen? Eine neue Furcht ergreift mich. Wenn es ihnen nichts mehr ausmacht, dass wir ihre Namen kennen, dann kann das nur eins bedeuten: dass es keine Rolle mehr spielt, ob wir es wissen oder nicht.

Es folgt beruhigendes Gemurmel, ich glaube von der Wollmütze, denn er wendet den Blick von uns ab und ich nutze schnell die Gelegenheit.

»Wieso bist du auch hier?«, flüstere ich in Leanders Richtung, sehe ihn dabei aber nicht an.

»Na, wegen dir«, flüstert er zurück. »Weil sie dich haben! Wie kommst du hierher? Was ist denn passiert?«

Es könnte fast lustig sein. Aber das Lachen bleibt mir im Hals stecken.

»Wegen dir«, zische ich zurück, mehr kann ich leider nicht sagen, denn Wollmütze sieht wieder zu uns. In Leanders Gesicht arbeitet es und dann klicken auch bei ihm die Puzzleteile zusammen. Nicht nur ich bin auf den ältesten Trick der Welt reingefallen, er auch. Wir sind uns eben ähnlich, waren es von Anfang an. Wir sind ein herrliches Paar, einer dümmer als der andere. Waren ein herrliches Paar. Was auch immer … Aber er ist hergekommen, weil er mir helfen wollte. Weil er mich doch noch liebt? Meine Gedanken huschen zu gestern Abend, dem bittersüßen Abend, ich sehe sein Gesicht über mir,

142

spüre noch seine Wange an meiner. Ich fange an zu weinen, ganz plötzlich.

Leander sieht mich an und zieht die Augenbrauen hoch, auf diese Weise, mit der er mich früher immer zum Lachen bringen konnte. Er will mich ablenken und in diesem Moment liebe, liebe, liebe ich ihn so sehr und eine Sekunde lang will ich nur zu ihm kriechen, meinen Kopf in seinen Schoß legen, mich von ihm streicheln lassen wie im vergangenen Herbst, im schönsten Herbst meines Lebens. Ich sehe uns noch, als wäre es gestern. Wir waren auf dem Weg nach Hause an diesem sonnigen Septembertag, liefen zusammen durch den kleinen Park wie in der Woche zuvor, als Leander auf einmal wie zufällig zu unserem Grüppchen, bestehend aus mir, Tine und Nadine, hinzustieß. Nach ein paar Tagen gingen meine beiden Freundinnen grinsend erst langsamer, dann schneller und schließlich einen alternativen Weg, um mir und Leander das Feld zu überlassen. An diesem Septembertag lachten wir zwei uns bald kaputt über einen weißen Hund im rosa Kleidchen, der von seiner Besitzerin ausgeführt wurde. Es war noch warm draußen, die ersten Blätter wurden gelb, mein Schnürsenkel ging auf, ich bückte mich, um ihn zuzubinden, und als ich wieder hochkam, hielt Leander mich plötzlich fest und sagte: »Ich muss das jetzt einfach machen. Ich halte es sonst nicht mehr aus.« Das war unser erster Kuss. In den Tagen danach lagen wir stundenlang auf unseren Jacken im Gras, ich hatte meinen Kopf in seinen Schoß gebettet, und wenn ich jetzt die Augen zumache, kann ich mir die schmuddelige Abrisswohnung wegdenken und in Gedanken wieder dort sein. Dann kann der Albino sonst was für Pläne schmieden, es berührt mich nicht mehr. Er soll uns nur hier liegen lassen.

Doch das macht er nicht. Die Tür geht auf, die drei sehen uns an.

»Du«, sagt der Typ mit dem Skarabäus und zeigt auf mich, »kommst jetzt mit.«

19

Mai

»Ich muss mit dir sprechen.« Leander stützte sich am Türrahmen ab. »Jetzt.«

Mein Mund ging auf, kein Ton kam heraus, dafür hämmerte mein Herz so laut, dass Leander es garantiert hören musste. Hatte wieder jemand etwas über mich gesagt? Leander stellte seinen Fuß in die Tür und einen hysterischen Moment lang dachte ich, er wolle hereinkommen und mich verprügeln.

»Was willst du denn?« Es kam als ein Quieken heraus.

»Es ist wegen deiner Kette. Die du unter meinem Bett deponiert hattest.«

Wollte er die zurück? Ich verstand überhaupt nichts mehr.

»Ich bin gestern unter mein Bett gekrochen«, sagte er.

Ich nickte, als wäre das die logischste Erklärung der Welt für sein plötzliches Auftauchen.

»Weil ich dachte, du hättest vielleicht noch mehr Zeug dorthin gelegt. Und dass du dann andauernd kommst, um es zu holen.« Er biss sich auf die Lippe.

145

»Aha.« Das ergab natürlich Sinn. Ich war ja Psycho-Lena.

»Kannst du mich nicht reinlassen?« Er sah sich flüchtig um.

»Ist es dir peinlich, wenn jemand sieht, dass du bei mir bist?«, fragte ich zurück.

»Nein.« Seine Stimme klang rau. »Ich will nur nicht, dass die ganze Nachbarschaft mithört.«

Am Ende der Straße war jemand zu sehen, ein Mann, vielleicht auch ein Junge, die Kapuze des Sweatshirts tief ins Gesicht gezogen. Er schien auf jemanden zu warten.

»Komm rein.« Ich trat zur Seite, machte aber keine Anstalten, ihn in die Küche zu bitten. Wir blieben im Flur stehen, direkt neben der Garderobe.

»Unter dem Bett lag noch was.« Leander griff in seine Tasche.

»Das kann nicht sein«, protestierte ich sofort.

»Nicht von dir. Von Vanessa. Ihr Handy.« Er hob die Hand hoch und zeigte mir ein schwarzes Telefon.

»Vanessas Handy?« Ich erinnerte mich kurz an das rote iPhone, das am Morgen nach der Walpurgisnacht neben der toten Vanessa gelegen hatte. »Das war doch rot.«

»Vanessas zweites Handy.«

»Okay. Dann hatte sie zwei Handys. Sie hatte garantiert auch zwei Taschen und zwei Paar Schuhe – wenn ich richtig informiert bin, hatte sie sogar zwei Häuser.«

»Hör doch mal zu.«

Ich verschränkte demonstrativ die Arme vor der Brust.

»Ich hab es mir angesehen. Es ist … irgendwie komisch. Komische Kontakte. Die Namen sind … Also, es sind keine Namen. Nur Buchstaben.« Er strich mit dem Finger über das Handy-Display. »Soll vielleicht kryptisch oder ein Witz sein, ich verstehe es jedenfalls nicht.«

»Zeig mal.« Ich streckte die Hand aus. »Ist das überhaupt wirklich ihres? Und wieso lag es unter deinem Bett?«

»Weil sie es in meinem Zimmer verloren hat, nehme ich an. Allerdings …« Er stockte.

»Was?«

»Es lag ganz weit hinten. Als hätte jemand es dorthin *geschoben*.«

»Du meinst, sie hat es absichtlich dorthin gelegt? Wie hast du es überhaupt öffnen können? Die meisten Leute haben doch eine Pin-Nummer?«

»Und die meisten Leute nehmen ihren Geburtstag. Vanessa war da keine Ausnahme.«

Ich betrachtete das Ding. Es war ebenfalls ein iPhone, genau wie meins. Und es war ihres, in den Einstellungen stand *Vanessas Handy*. Aber das Handy war seltsam leer. Nur die üblichen Dinge – Wetter, Kalender, Kompass, Notizen. In den Notizen stand etwas, das wie ein Eintrag aus einem Musiklexikon klang: *Das Nussknacker-Ballett wurde 1892 zum ersten Mal im Mariinski-Theater aufgeführt.* Das war – so abstrus es auch klang – alles. Nichts Persönliches, keine

Spiele, keine Millionen von Apps wie bei allen anderen iPhone-Besitzern, die ich kannte, mich selbst eingeschlossen. Facebook war drauf, aber da fehlte natürlich das Passwort. Eine einzige App namens VS, ebenfalls passwortgesichert. In den Kontakten befanden sich nur ungefähr zehn Namen. Das allein war schon seltsam, denn Vanessa kannte mindestens zweitausend Leute. Ich fing an zu lesen, stutzte und las weiter. Ich verstand jetzt, was Leander meinte. Nur Buchstaben und ihre Nummern. Keine vollen Namen. Jemand namens *M.*, namens *B.*, ein *L.*, ein *S.*

»Was soll das denn?«

Er zuckte mit den Schultern. »Keine Ahnung. Das Einzige, was mir dazu einfällt, ist *Reservoir Dogs*. Der Film.«

»Wo sie jemandem ein Ohr abschneiden?«

»Genau. Da reden sich die Typen nur mit Mr White und Mr Brown und so an. Damit sie ihre Namen nicht verraten.« Er räusperte sich kurz. »Vanessas Lieblingsfilm. Sie ist das einzige Mädchen, das ich kenne, das den Film gut findet.« Er schloss kurz die Augen. »Kannte.«

Ich fand den Film bescheuert, insofern hatte er recht. »Warum sollte Vanessa die Nummern von Leuten auf diese Art in ihrem Handy speichern? Wozu die Geheimniskrämerei?« Ich drehte das Handy um, als ob ich mir auf der Rückseite noch eine Erklärung versprach. Natürlich war da nichts. »Vielleicht ist *M.* ja Moritz. Und *S.* ist Sarah. Und *L.* …«

»Bin ich nicht«, unterbrach er mich. »Das ist nicht meine Nummer. Und auch nicht die von Moritz, die kenne ich.«

»Vielleicht hat Moritz ja auch ein zweites Handy?« Worauf wollte er hinaus? Was sollte das hier?

Leander ging jetzt doch einfach in die Küche und ich folgte ihm. Er setzte sich auf die Eckbank am Esstisch, genau wie früher, wenn er mal bei uns mitgegessen hatte. »Weil sie *M.* angerufen hat, als wir bei ihr zu Hause die Party hatten. Du kannst es in den letzten Anrufen sehen. Und das war nicht Moritz. Der saß neben mir. Der hat nicht telefoniert. Weder mit seinem ersten noch seinem zweiten Handy.«

»Na und? Dann war es eben jemand anderes namens *M.* Manuela. Marie. Weiß der Kuckuck.«

Leander schüttelte störrisch den Kopf. »Nein. Weil da noch etwas ist. Was du neulich gesagt hast.«

»Wann?«

»Bei mir vor dem Haus. Du hast gesagt, dass du an dem Abend Drogen genommen hast. Irgendwelches …«

»*Scratch*«, half ich ihm auf die Sprünge. »Und ich hab es nicht genommen. Nicht freiwillig. Ich hab irgendwas getrunken, da war das drin.«

Er nickte. »Ich weiß, Lena. Ich weiß, dass du die Letzte bist, die Drogen nehmen würde. Wegen deines Onkels. Und deshalb glaube ich dir auch. Die Sache ist die …« Leander brach ab und stand wieder auf. Er tigerte unruhig durch die Küche, drehte den Wasserhahn auf, ließ sich ein Glas volllaufen und trank es in einem Zug aus. »Vanessa wollte nämlich, dass ich mit ihr mal was probiere. Irgendwelches Zeugs, meine ich. E und Speed und so was. Sie fing schon auf der Party bei sich zu Hause damit an. Ich dachte, ich spinne. Da hat sie mir zugeflüstert, dass sie uns jetzt was besorgt. Und in diese Zeit fällt der Anruf an *M.*, zweimal sogar. Sie ist kurz verschwunden, da hat sie *M.* angerufen mit diesem komischen Handy, dann kam sie wieder.«

Die Party bei Vanessa. Als sie sich gestritten hatten.

»Und dann hat sie dir gesagt, dass du wieder zu Psycho-Lena gehen sollst?«

Er ging nicht darauf ein. »Sie hat sich bei *M.* Drogen bestellt, da bin ich mir jetzt sicher. Und in der Walpurgisnacht fing sie wieder damit an. Sie tönte rum, dass sie jemanden an der Hand habe, der ihr was besorgen könne, und ich solle mich nicht so anstellen und es wäre geil, sie hätte es auch schon probiert. Sie sagte …« Er sah mich nicht an. »Sie hätte gehört, der Sex wäre damit unglaublich.«

Ich betrachtete die Krümel unseres Familienfrühstücks, die noch auf dem Tisch lagen, die Milch, die den ganzen Tag offen dagestanden hatte. Vanessa hatte Drogen genommen? Die ordentliche, supergute Schülerin mit der Violine in der Hand und dem Filmstarlächeln? Und wollte Leander ebenfalls dazu überreden, um den *Sex* unglaublich zu machen? Ich musste endlich etwas sagen. »Vanessa hat Drogen genommen?«

»Ja. Ich konnte es ihr ja nicht verbieten. Und an dem Abend an den Felsen, da wollte sie was besorgen. Ich hatte irgendwann die Schnauze voll und bin gegangen. Tja, und dann scheint was von dem Zeug bei dir gelandet zu sein. Ich muss wissen, von wem du das bekommen hast. Vielleicht war es ja *M.* oder *S.* Irgendeiner von den Typen hier. Den will ich finden. Ich will alles über Vanessa in Erfahrung bringen, was ich kann. Ich habe auf einmal das Gefühl, sie ist mir völlig fremd.«

»Du meinst, das sind irgendwelche Kontaktnummern, um Drogen zu kaufen?« Ich lachte ungläubig. »So ein Quatsch.«

»Was denn sonst? Warum stehen da keine richtigen Namen?«

»Was weiß ich. Ein Partygag. Und selbst wenn. Dann musst du das Handy zur Polizei schaffen. Sollen die doch herausfinden, wer das ist.«

Er schüttelte störrisch den Kopf. »Es ist das Letzte, was ich von ihr habe. Ich will alles über sie wissen, ich …« Er schluchzte.

In meinem Kopf begann es zu hämmern. Das war alles zu viel und jetzt traten Leander auch noch Tränen in die Augen. Durch das offene Fenster kam ein Geräusch herein, ein Scharren. Großer Gott, hoffentlich nicht meine Eltern. Ich sah rasch aus dem Fenster, aber da war keiner. Nur der Mann weiter vorn, der immer noch dastand. Jetzt telefonierte er. Ich betrachtete Vanessas Handy und ging in die E-Mails. Es gab keine. In die SMS. Da waren welche.

Von *Yoralin*. Immer nur von Yoralin. Wer zum Geier hieß Yoralin? Aber wenigstens ein Name, nicht nur ein weiterer Buchstabe. Mit den Buchstaben hatte sie nur telefoniert. »Hier ist ein anderer Name«, sagte ich zu Leander. Er hatte das Gesicht in den Händen vergraben. »Yoralin. Er hat sich SMS mit Vanessa geschrieben.«

Leander nickte. »Hab ich auch gelesen. Die letzte am Abend der Walpurgisnacht. Da war das Handy schon bei mir, allerdings wusste ich das natürlich nicht.«

Ich las neugierig die SMS. »Da steht: *Hey, girlfriend* – 30.5., 21.00 Uhr. Und eine Adresse. Der dreißigste Mai ist heute.« Ich ging alle SMS von und an Yoralin durch.

»Ich weiß.« Leander rieb sich gestresst die Schläfen. »Es geht immer um irgendwelche Treffen. Immer kurzfristig, bis auf die letzte. Und immer woanders.«

»Was für Treffen denn?« Ich ging die SMS durch. »Hier schreibt Vanessa zurück: *War so geil, freu mich aufs nächste Mal!* Und hier: *Yoralin, du bist die Beste. Ace!* Und hier: *OMG, Best evening of my life!*« Ich sah zu Leander. »Yoralin ist ein Mädchen.«

»Ein Mädchen?« Leander wirkte überrascht. »Hab ich gar nicht bemerkt.«

Ich zuckte mit den Schultern. »Sieht jedenfalls so aus. Vielleicht sind die anderen ja doch irgendwelche Freundinnen. Vom Ballett oder so. Ich ruf da jetzt mal an.« Kurz entschlossen ging ich in die Kontakte und drückte die erste Nummer. *M.* erschien auf dem Display, neben der schemenhaften Hülle eines Menschen. Wäre ja auch zu schön gewesen, wenn da ein Foto gewesen wäre. Es klingelte an meinem Ohr.

»Was machst du denn da?« Leander sprang erschrocken auf.

Ich streckte abwehrend die Hand aus und lauschte. Dann hörte ich es. Und Leander hörte es auch. Es klingelte nicht nur an meinem Ohr. Es klingelte auch draußen auf der Straße.

»Was zum …« Mit einem Satz war Leander am Fenster. Wir wechselten einen kurzen Blick miteinander. Der Typ vorn an der Straße hielt sein klingelndes Telefon in der Hand. Es knackte an meinem Ohr.

»Wer ist da?«, fragte eine Stimme. Männlich.

Es war der Mann vorn an der Straße! Er sprach jetzt in sein Handy und sah zu meinem Haus.

»Bist du ein Freund von Vanessa?«, stotterte ich. Die Stimme kam mir irgendwie bekannt vor.

Am anderen Ende herrschte Schweigen.

»Gib mir das Ding«, flüsterte Leander. Er zog an meinem Arm.

»Können wir uns mal treffen?«, fragte die Stimme jetzt.

»Du stehst doch da draußen auf der Straße, vor meinem Haus, oder?«, platzte ich heraus. In diesem Moment gelang es Leander, mir das Telefon wegzunehmen.

»Was weißt du über Nessa?«, fragte er. »Was weißt

153

du über meine Freundin, wer bist du überhaupt? *M.* ja wohl kaum, wieso …« Leander hielt das Handy vor sich und sah es ungläubig an. Es knackte und tutete. Der Typ hatte aufgelegt, die Straße war auf einmal leer.

»Scheiße«, flüsterte ich. »Und nun?«

Leander antwortete nicht. Er starrte ungläubig das Handy an.

»Schaff das Ding zur Polizei«, sagte ich.

Er nickte langsam. »Ja. Mach ich morgen.« Er strich über das Display. »Aber erzähl erst mal keinem davon.«

Ich sah ihn traurig an. »Wem denn? Meinen vielen Freundinnen etwa?«

Leander verzog kurz den Mund. Fast sah es aus wie Mitleid. »Yoralin«, sagte er dann nachdenklich. »Heute Abend wird Yoralin an dieser Adresse sein. Und weißt du was?« Er sah mich an, die Augen umschattet vor Erschöpfung, aber trotzdem irgendwie elektrisiert und belebt. »Wir beide gehen dahin.«

20

Mai

Ich sah ihm nach, wie er in seinem schlaksigen Gang die Straße entlanglief, den Kopf gesenkt, die Hände in den Taschen seiner Lederjacke. Und trotz der ganzen beschissenen traurigen letzten Tage, der Tatsache, dass irgendwas mit Vanessas Handy ganz und gar nicht stimmte und dass ich nachher mit Leander zu dieser Yoralin-Adresse gehen sollte, fühlte ich mich erstmals seit Wochen wieder leicht und frei. Leander war zu mir gekommen. Wir hatten miteinander geredet und würden auch weiter zusammen reden, wir würden sogar zusammen etwas unternehmen. Das war alles, was zählte. Normalerweise hätte ich jetzt Tine angerufen und ihr alles berichtet. Aber nach der Sache mit San Francisco nicht. Und irgendwas in mir beschwor mich ohnehin, die Sache mit dem Handy erst mal für mich zu behalten, außerdem hatte ich es Leander versprochen.

Oben in meinem Zimmer räumte ich endlich meine Sachen auf. Es war, als ob Leanders Besuch mich aufgerüttelt hatte. Ich war in der Lage, leere Teller, dreckige Unterwäsche, Bücherstapel, Papierkram und zahllose vollgeschniefte Papiertaschentücher wegzuräumen. Ja, ich geriet in einen regelrechten Putzrausch. Ich überzog sogar mein Bett neu und wischte den Tisch sauber. Dann öffnete ich das Fenster, um die muffige Luft zu vertreiben, und legte meinen Mathehefter auf den Tisch. Mithilfe des Internets würde ich diese blöden Aufgaben schon lösen. Es würde mir guttun, mich richtig in etwas zu vertiefen. Nur meine Tangens-Schablone konnte ich nicht finden. Verdammter Mist, das durfte doch nicht wahr sein, gerade jetzt, wo ich endlich mal die Kraft dafür aufbrachte. Entnervt stand ich wieder auf, schnappte meine Tasche und schwang mich draußen auf mein Rad, um noch mal vor zur Gottfriedstraße zu radeln, da war ein Laden für Bürobedarf, das würde schnell gehen.

Natürlich dauerte es doch länger, weil vor mir eine Oma für ihren Enkel Schreibhefte kaufen wollte und sich dann nicht mehr erinnern konnte, welche Linierung es sein musste, und ihr überhaupt noch tausend andere Sachen einfielen und weil der kurzsichtige alte Zausel hinter dem Ladentisch alles in Zeitlupe in die Kasse tippte und mir außerdem drei falsche Schablonen anschleppte, ehe er die richtige fand. Ich riss sie ihm förmlich aus der Hand, damit er sie nicht noch umständlich einpackte.

Wieder zu Hause stellte ich mein Rad in den Garten und schloss auf. Meine Eltern waren immer noch nicht da, aber das war mir sogar lieber. Etwas fiel mir allerdings auf: Das Küchenfenster stand weiter offen als vorhin. Sperrangelweit. Hatte der Wind es aufgestoßen, während ich im Bürobedarf an der Kasse wartete?

Welcher Wind?, flüsterte eine kleine Stimme in meinem Kopf. *Die Luft ist schwül und totenstill da draußen.* Ich machte das Fenster richtig zu und sah in den Flur. Das Haus war dämmrig, weil die Sonne draußen mit einem Male verschwunden und das Licht noch nicht eingeschaltet war. Die Küche war leer und sah genauso aus wie vorhin, die Türen zu den anderen Zimmern standen offen, irgendwo tröpfelte leise ein Wasserhahn. Plopp, plopp, plopp. Ich betrat die erste Treppenstufe. Etwas quietschte über mir und ich blieb stehen. Mir war, als ob mich ein kühler Luftzug streifte, dabei waren alle Fenster zu. Das Quietschen kannte ich. Das kam von der losen Holzdiele in meinem Zimmer. »Leander?«, fragte ich halblaut. Niemand antwortete. Ich schüttelte den Kopf und ging hoch in das Obergeschoss. Ich sah schon Gespenster.

Die Tür zu meinem Zimmer stand sperrangelweit auf. Die hatte ich *definitiv* zugemacht. Was zum … Mein Fußboden lag voller Sachen – wie ein Déjà-vu, als hätte ich nie aufgeräumt. Meine Schubladen standen auf, der Inhalt rausgeschmissen, meine Schultasche ausgekippt, mein Hefter und meine Bücher vom Tisch gefegt. Es war vollkommen still, nur Mathilde raschelte träge in ihrer Kiste und das Plopp, Plopp, Plopp des Wasserhahns war weiterhin zu hören. Und eine Art schnappendes Atmen. Das kam von mir, aus meinem Mund. Mit einem Satz war ich in meinem Zimmer. Es war leer. Oder? Ich drehte mich langsam im Kreis, mein Herz klopfte jetzt wie ein tollwütiger Specht. Jemand beobachtete mich, ich konnte es spüren. Aber von wo? Mein Zimmer war nicht so groß, die Vorhänge gingen nicht bis zum Boden, der Schrank war zu klein, unter das Bett passte niemand, die Tür stand weit auf. Die Tür … Hinter der Tür an der Wand. Ich starrte auf den dunklen Zwischenraum zwischen Wand und Tür, bis mir fast die Augen tränten. Davor hing mein Mantel, oben über die Tür geworfen. Vorhin hatte er noch am Haken an der Wand gehangen. Etwas knirschte. Als der Mantel plötzlich auf mich zuflog, schrie ich erschrocken auf und zuckte zurück, ich sah etwas Schwarzes, hörte ein kurzes Schnaufen, dann polternde Schritte, jemand rannte die Treppe runter. Ich zerrte den Mantel ab, vor Angst ganz starr, hörte die Tür unten krachen und kam endlich auf die Idee, aus dem Fenster zu sehen.

Ich kannte ihn nicht, hatte ihn noch nie gesehen. Jedenfalls nicht von hinten. Braune Haare, stämmige kurze Beine, dunkler Pullover. Im Nu war er weg. Ich hatte nicht mal gesehen, wie alt er war, alles zwischen 12 und 50 war möglich. Ein Einbrecher. Ich hatte tatsächlich einen Einbrecher überrascht! Ich musste sofort die Polizei rufen, meine Eltern benachrichtigen. Entsetzt rannte ich runter, lief in alle Zimmer, sah überall nach, zuletzt im Wohnzimmer. Nirgendwo war auch nur ein Kissen verschoben. Der

Typ hatte sich für mein Zimmer interessiert. *Nur* für mein Zimmer. Wie aus dem Nichts erklang die Stimme von Karolin Witsche in meinem Kopf: *Gestern haben sie auch noch bei denen eingebrochen. In Vanessas Zimmer. Trophäenjäger oder so. Wollen alle noch ein Stück von ihr, als wäre sie ein Promi.*

Trophäenjäger wohl kaum. Nicht in Vanessas Zimmer und in meinem schon gar nicht. Leander und ich hatten von meinem Haus aus mit dem Handy Kontakt aufgenommen. Es war also naheliegend, dass es sich noch in meinem Haus befinden könnte. Wie es aussah, wollten *M.* und seine Freunde das Ding aus irgendeinem Grund brennend gern haben.

Ein Auto fuhr draußen vor und an der Art, wie es quietschend bremste, erkannte ich, dass meine Mutter nach Hause gekommen war. Wenn ich ihr jetzt von dem Einbrecher erzählte, würde sie durchdrehen. Mich nicht mehr aus dem Haus lassen. Wieder den Typen von der Kripo anrufen. Was sollte ich nur tun? Ich stand wie gelähmt im Wohnzimmer.

»Lena?«

Jetzt war sie im Haus, sah offenbar in die Küche, klapperte mit irgendwas rum. »Bist du da?«

Leander würde das Handy zur Polizei schaffen. Die würden das klären. Der Rest konnte mir egal sein, ich musste nichts damit zu tun haben. Ich *wollte* nichts damit zu tun haben. Endlich erwachte ich aus meiner Starre und huschte hoch in mein Zimmer. »Hallo, Mum«, rief ich dabei über die Schulter weg und versuchte, so normal wie möglich zu klingen.

»Lena?«

Meine Mutter stieg jetzt die Treppen zu meinem Zimmer hoch.

»Ich komme gleich runter, du musst nicht …« Mist! Da stand sie schon im Türrahmen und schüttelte entsetzt den Kopf.

»Also weißt du, Lena, du hast eine Menge durchgemacht in der letzten Zeit, das ist mir klar. Aber irgendwann muss das Leben normal weitergehen und dazu gehört, dass du diesen Saustall mal aufräumst. Du kriegst ja sonst noch Ratten hier drin!«

»Ja«, sagte ich. »Mache ich.«

Und Ratten hatte ich doch schon längst in meinem Zimmer.

21

Mai

Leander wartete an der Bushaltestelle. Es gab mir einen Stich mitten ins Herz, wie er da so stand und wartete und etwas auf seinem Handy las. Fast wie früher. Wenn ich nur die Zeit hätte zurückdrehen können. Dann wären wir jetzt ins Kino gegangen. Aber es war nicht sein Handy, auf das er da starrte, sondern Vanessas, und mir wurde schmerzlich klar, dass er das hier nur wegen ihr machte, es hatte nicht das Geringste mit mir zu tun.

»Bei mir war einer im Zimmer«, sagte ich anstatt einer Begrüßung. »Ein Einbrecher. Und ich glaube, ich weiß, was er gesucht hat.« Ich deutete auf das Handy. »Versprich mir, dass du morgen damit zur Polizei gehst. Ich habe keine Lust, jeden Abend irgendeinen Kerl in meinem Zimmer vorzufinden.«

»Shit.« Leander blies entsetzt die Backen auf. »Was haben deine Eltern …?«

»Die waren nicht da.« Ich gab mich betont ruppig und cool, als ob es mir nichts ausmachte, dabei zitterte ich innerlich immer noch vor Schock. Aber wenn ich das zugab, würde er das Ding alleine durchziehen und ich hätte ihn sofort wieder verloren.

Wir liefen los, in Richtung Stadt.

»Wir müssen den Bus und dann die Straßenbahn nehmen«, sagte Leander. »Ich habe nachgesehen.« Er stolperte.

»Bist du okay?« Instinktiv hatte ich nach seinem Arm gegriffen, ließ ihn aber sofort wieder los. Er musste total fertig sein, wahrscheinlich hatte er seit Ewigkeiten nicht mehr richtig geschlafen. »Bist du sicher, dass du das machen willst?«

»Was denn sonst? Zu Hause rumsitzen?«

Dazu war nichts zu sagen und so liefen wir schweigend weiter, unterhielten uns im Bus leise über Nichtigkeiten und vermieden es, uns anzusehen. Dann stiegen wir in die Straßenbahn um. Ich fragte mich, was wäre, wenn uns jetzt jemand aus der Schule sehen würde. Wir beide zusammen abends unterwegs ... Bestimmt würden sie denken, ich wollte mir Leander wieder schnappen. Unwillkürlich rückte ich weiter von ihm weg. Er merkte es.

»Es tut mir leid, dass alle so fies zu dir waren«, sagte er plötzlich. »Ich glaube, das haben sie nicht so gemeint.«

Oh doch, das hatten sie. »Ist schon okay.«

»Wenn jemand ... wenn so etwas Schreckliches passiert, wird immer erst mal ein Schuldiger gesucht, egal, ob es ihn gibt oder nicht«, fuhr er fort. »Erst kommt die Fassungslosigkeit. Es kann nicht sein. Es kann einfach nicht sein. Dann die Suche nach dem Schuldigen, denn irgendjemand muss doch verantwortlich dafür sein. Sonst wäre die Welt doch ungerecht.«

»Die Welt *ist* ungerecht«, erwiderte ich, während ich mich anstrengte, nicht nach seiner Hand zu greifen und sie festzuhalten. »Und vielleicht gibt es ja auch wirklich einen Schuldigen?« Diese Überlegung setzte sich immer mehr in meinem Kopf fest, ließ sich nicht abschütteln, hockte da wie mit Saugnäpfen angehaftet. Zuerst hatte mir die Ungeheuerlichkeit dieses Gedankens fast den Atem genommen, mittlerweile nicht mehr. Irgendwas war faul an der ganzen Angelegenheit. »Zeig mir noch mal das Handy.«

Er reichte es mir und ich strich mit dem Daumen über das Display. Diese *eine* komische App … Es war nicht mal ersichtlich, was das war, sobald man es öffnete, erschien das Zahlenfeld für eine Pin-Eingabe. Es zeigte einen Tresor und je länger ich ihn betrachtete … Ich hatte eine Idee. Während die Straßenbahn quietschend durch immer dunklere Straßen schaukelte, ging ich auf meinem eigenen Telefon in den App-Store und suchte nach einer App namens VS. Bingo. Es war eine App, in der man Videos und Fotos speichern konnte, die nicht jeder sehen sollte. Jetzt wusste ich wenigstens, was es war. »Sie hat Videos oder Fotos da drin«, sagte ich zu Leander. »Kannst du es nicht öffnen?«

»Hab ihren Geburtstag auch schon probiert, aber die Kombination funktioniert hier nicht.« Er zuckte ratlos mit den Schultern.

Wir waren da, ich drückte auf den Haltestellen-
knopf, wenig später standen wir auf der Straße zwischen dunklen alten Fabrikgebäuden.

»Na, klasse«, sagte ich. »Und wohin jetzt?«

»Dahin.« Er zeigte in Richtung der alten Fabrik-
hallen. Von irgendwoher dort kam hypnotisch häm-
mernde Musik. »Dahinten ist die alte Textilfabrik.
Eine riesige leere Halle. Dort wollten wir mal Fotos
für die Band machen. Da ist es, wette ich mit dir.« Er
kniff ein Auge zu. »Partytime.«

Die Halle war tatsächlich riesig, die Eingangstür an
der Seite im Kontrast dazu winzig wie die Tür zu
einem Hexenhaus. Man musste sich bücken, um hi-
neinzukommen. Rote Lichter zuckten aus dem Inne-
ren der Halle, aber nichts gab einen Hinweis darauf,
was hier ablief. Kein Schild, niemand, der davor-
stand. Ich zögerte einen Moment lang.

»Was, wenn da noch keiner drin ist?«, flüsterte ich
unbehaglich. »Oder noch schlimmer – nur ein oder
zwei Leute. Die sofort wissen, dass wir nicht dazuge-
hören? Was sagen wir denn dann?«

»Dann tun wir so, als ob wir besoffen sind«, entschied Leander. »Und vom Licht angelockt wurden
oder irgend so was.« Er öffnete die Tür. »Los.« Einen
Moment lang spürte ich seine Hand auf meinem
Rücken, dann stand ich in einem dunklen Vorraum
voller alter Rohre und Graffiti. Man musste um die
Ecke gehen, die Musik wurde immer lauter, je weiter
man hier eindrang, und jetzt roch ich auch einen

seltsamen Geruch – ein Gemisch aus Rauch und Marihuana und noch irgendwas, wahrscheinlich der weiße Bodennebel, der uns entgegenquoll. Hinter dem Knick im Gang standen jetzt Leute, die uns komplett ignorierten. Mir fiel ein Stein vom Herzen. Kein Geheimbund, keine Zuhälter. Nur donnernde Musik, eine behelfsmäßige Bar, tanzende Leute, endlos viele Piercings und, wie es aussah, auch jede Droge der Welt, wahrscheinlich sogar irgendwelche Kakteen und Pilze. Und *Scratch*.

»Wie sollen wir denn hier Yoralin finden?«, brüllte ich Leander ins Ohr. »Wir wissen doch nicht mal, wie die aussieht!«

Er zuckte mit den Schultern und schrie etwas zurück, aber ich konnte ihn nicht verstehen. Irgendjemand zog mich am Arm, ein Mädchen, sie grinste leer und glasig, wankte vor und zurück und strich sich immer wieder über die Haare.

War das Yoralin? »Bist du Yoralin?«, schrie ich. Das Mädchen schüttelte den Kopf, fasste meine beiden Hände und zog mich mit sich, als ob sie mit mir tanzen wollte. Sie grinste immer noch wie ein Zombie, dabei hatte sie, das sah ich erst jetzt, kleine schwarze Engelsflügel angeschnallt. Ihr nackter Bauch glänzte feucht und aus ihrem Mund lief ein bisschen Speichel. Ich fragte sie noch mal, aber sie grinste wieder nur und jetzt kapierte ich, dass sie gar nicht mehr in der Lage war zu reden. Ich ließ sie stehen. »Komm«, brüllte ich über meine Schulter hinweg, drehte mich dabei halb um. Ich fluchte. Leander war nicht mehr hinter mir. Ich hatte ihn irgendwie verloren.

Direkt neben mir stieß jemand einen Freudenschrei aus, ein Mädchen mit kniehohen Stiefeln und Hotpants sprang einem Mann mit dünnem Backenbart an den Hals, der grinste und reichte ihr ein kleines Päckchen. »Du bist die Rettung«, brüllte das Mädchen. Hatte Vanessa das auch gebrüllt? Offenbar hatte sie hier eine nicht unbeträchtliche Zeit ihres Lebens verbracht. Nichts hier war legal, weder die Party selbst noch das ganze Zeug, das hier die Runde machte und mit dem man eine ganze Kleinstadt hätte versorgen können. War es das, wonach sie sich gesehnt hatte? Weshalb sie immer um Mitternacht aus dem Fenster geklettert war? Als Flucht vor ihren Violinestunden und Überflieger-Eltern? Fast fing ich an, sie zu verstehen. Fast. Ich holte mein Handy heraus und suchte nach einem Vanessa-Foto. Irgendwo bei Facebook musste doch eins sein. Da! Ich hielt es wildfremden Leuten hin und schrie dabei: »Kennst du die?«

Manche nahmen mich gar nicht wahr, jemand reichte mir als Antwort einen Joint und ich hatte die Hoffnung schon fast aufgegeben, als ich in einer ruhigeren Ecke an ein Mädchen mit unglaublich weit gedehnten Ohrläppchen geriet. Ich konnte meinen Blick kaum von den dunklen Holzringen abwenden, die ein zentimetergroßes Loch umrandeten. Normalerweise fand ich das eklig, aber bei diesem Mädchen sah es überirdisch schön aus. Sie trug eine hellrosa Mütze und hatte klare, zarte Haut. »Klar kenne ich die«, sagte sie mit einer Stimme, die klang, als ob sie von ganz weit herkam. »Nessa. Die Süße. Du weißt, dass sie tot ist?«

»Ja.«

»Life is a bitch.« Sie kippte ihren Kopf in den Nacken und schloss die Augen.

»War Nessa oft bei den Partys?«

»Ziemlich. Ja. Immer eigentlich.« Sie lachte, es klang wie ein Kind. Sie war bestimmt noch keine fünfzehn. Auf einmal drehten sich ihre Pupillen nach innen.

»Geht es dir gut?«, fragte ich erschrocken. Sie reagierte nicht.

»Willst du was trinken? Wasser?«

Sie nickte.

Gott sei Dank, sie war nur weggedriftet. Ich lief los, sah mich suchend um, ging zu der kleinen Bar, schob mich durch Leute und brüllte dem Typen dahinter ein »Wasser« entgegen. Er warf mir eine Flasche zu und drehte sich gleich wieder weg, also ging ich zurück zu der Kleinen, jemand rempelte mich an, die glitschige Wasserflasche rollte auf den Boden. Ich ging in die Hocke, um sie aufzuheben, sah von unten hoch und erstarrte. Die Kleine hatte immer noch ihre Augen geschlossen. Aber an ihren gedehnten Ohrläppchen spielte jetzt jemand herum. Eine Hand. Besser gesagt ein Finger. Mit einem tätowierten Skarabäus darauf. Und wie um auch die letzten Zweifel noch auszulöschen, hörte ich den Besitzer jetzt auch noch sprechen. »Alles klar, Pixie?«, fragte er. »Wo ist denn deine Freundin von eben hin?«

Ich blieb unten hocken, ließ meine Haare wie einen Vorhang über das Gesicht fallen. Die Stimme vom Telefon heute und der Typ aus dem Wald mit Vanessa – ein und dieselbe Person. *M.* Und er suchte nach mir. Ich bewegte mich im Zeitlupentempo und Krebsgang zurück. Wo war der Scheißbodennebel, wenn man ihn brauchte? Ein Pärchen stapfte genau vor mich, sie kreischte laut, in dem Moment setzten die Bässe der Musik ein wie ein Maschinengewehr. Ich drehte mich um, immer noch in der Hocke, kroch jetzt vorwärts am Boden ein Stück weiter, bis sich endlich mehr Leute zwischen mir und dem Skarabäus befanden. Ich stand erleichtert auf.

In dem Moment legte sich von hinten eine Hand auf meine Schulter.

22

Mai

Ich fuhr herum. Leander.

»Da bist du ja«, rief er.

»Weg hier«, formte mein Mund lautlos, ich griff nach Leanders Hand und zog ihn einfach mit, rücksichtslos durch die Massen hindurch. Raus hier. Bloß raus hier.

Der Typ mit dem Skarabäus, da war ich mir jetzt ganz sicher, hatte mir die Drogen in der Walpurgisnacht untergejubelt. Deshalb auf einmal ein Drink, deshalb auf einmal die falsche Freundlichkeit. Hatte der mich nicht sogar kurz umarmt? Kam der Ohrring von ihm? Aber warum? Und jetzt wollte er unbedingt Vanessas Telefon. Zwei Puzzleteile, die zusammengehörten und doch nicht zusammenpassten.

»Was ist denn los?«, hörte ich Leander hinter mir fluchen. »Ich hab gerade jemanden gefunden, der mir was über Nessa erzählt hat.«

Wir waren draußen. Mir reichte es jetzt. »Der dir was über Vanessa erzählt hat? Das kann ich dir auch sagen. Kapierst du es immer noch nicht? Sie war hier. Ständig. Hat Drogen probiert, verkauft, gekauft, genommen, was weiß ich. Und der Typ, mit dem sie am Abend im Wald rumgemacht hat, der hat mir die Drogen gegeben, ich bin mir total sicher. Und jetzt will er ihr Telefon. Er ist unser Herr *M.* von vorhin. Der ist da drin, er hat mich gesehen. Ich habe keine Lust, ihn noch mal zu treffen.«

In Leanders Gesicht arbeitete es. Dann griff er mich am Arm. Wir rannten los.

Es regnete jetzt ziemlich stark, die Tropfen peitschten mir ins Gesicht, meine Lunge brannte, ich trat aus Versehen in eine Pfütze. Im Nu war mein linker Schuh total durchnässt, aber ich rannte weiter, Wasser schwappte und quietschte bei jedem Schritt.

»Vorn. Die Hauptstraße«, keuchte Leander neben mir.

Wir rannten weiter, auch wenn es meinerseits nur noch ein Stolpern war. Verfolgte uns jemand? Der Regen rauschte so laut, ich hörte nichts, umdrehen wollte ich mich nicht. Ein Auto kam von hinten, die Scheinwerfer blendeten uns grell, jetzt wurde es langsamer, hielt fast neben uns. Mein Herz klopfte so wild, als ob es meine Brust sprengen wollte. Ein Autofenster glitt ein Stück auf, Rap-Musik ertönte, der Sänger brüllte gerade: »Run, Kitty, run«, die Insassen des Autos lachten laut, hupten und fuhren weiter.

Leander und ich erreichten die Hauptstraße mit dem Bäcker, der Sparkasse, der Drogerie und einer Straßenbahnhaltestelle, an der gerade eine Bahn hielt. Wir sprangen in letzter Minute hinein, warfen uns auf zwei Sitze am Fenster und sahen atemlos hinaus.

Niemand war uns gefolgt.

»Fuck«, sagte Leander. Er stützte die Ellbogen auf die Knie und vergrub einen Moment lang sein Gesicht in den Händen. Dann sah er hoch. »Ich bringe dich noch bis vor deine Haustür.« Und plötzlich griff er nach meiner Hand und hielt sie fest.

Am nächsten Morgen war er nicht in der Schule. Wahrscheinlich war er gerade bei der Polizei. Gott sei Dank. Ich hatte in der vergangenen Nacht die Haustür dreimal abgeschlossen und mein Fenster verriegelt, woraufhin mich die stickige Schwüle in meinem Zimmer erst recht nicht einschlafen ließ. Diese Leute wussten, wo ich wohnte, und ich lauschte bis früh um vier Uhr auf verdächtige Geräusche, bis ich schließlich in einen kurzen Schlaf der Erschöpfung fiel. Im Traum saß ich ganz alleine mit Leander in einem Zugabteil, er stand auf und setzte sich neben mich. Umarmte mich und presste seinen Mund an meinen Hals. »Mir ist so kalt«, flüsterte er. Und gerade, als ich ihn wärmen wollte, wurde ich um sechs Uhr von den Müllmännern geweckt.

Gegen Mittag war Leander immer noch nicht in der Schule aufgetaucht und ich fasste mir in der Pause ein Herz, als ich Gregor entdeckte, der in einem der großen Fenster saß und hastig etwas aus einem Hefter abschrieb. Neben ihm saßen Sarah und Moritz und schwiegen sich an.

»Hast du was von Leander gehört?«, wandte ich mich an Gregor.

Gregor schüttelte automatisch den Kopf, dann sah er hoch. Er blinzelte verwirrt, als ihm dämmerte, wer ihn da gefragt hatte. »Was willst du denn von ihm?«, fragte er verwundert.

»Redet ihr wieder miteinander?«, erkundigte sich Sarah mit einem sensationsgeilen Glitzern in ihren Augen.

Mist, die anderen wussten ja nichts von unserer nächtlichen Tour. Wie auch, wo wir offiziell ja kein Wort mehr miteinander wechselten.

»Nur so«, quäkte ich. »Er hat noch was von mir.«

»Keine Ahnung.« Gregor beugte sich wieder über sein Blatt. »Hab ihm 'ne SMS geschickt, geantwortet hat er mir jedenfalls nicht.«

Moritz zuckte nur mit den Schultern, Sarah lehnte sich enttäuscht zurück.

Das war komisch. Wieso antwortete er Gregor nicht? Ich überlegte kurz. Sollte ich ihn anrufen? Noch vor ein paar Tagen hätte ich das nie getan, aber es hatte sich eine Menge geändert. Ich schickte ihm eine SMS. *Wo bist du?*

Niemand antwortete. Jedenfalls nicht bis 14 Uhr, als ich mich gerade zur letzten Stunde schleppte, Sport. Da klingelte mein Handy und zeigte eine Nummer an, die ich erst nicht richtig einordnen konnte, die mir aber vage bekannt vorkam. Dann fiel es mir ein. Das war die Telefonnummer von Leanders Festnetz. War er zu Hause? Ich ging ran.

»Ja?«

»Lena.« Seine Stimme klang seltsam gepresst, als ob er Schwierigkeiten hatte, Luft zu holen. »Die wollten das Handy von mir.«

»Was?«

»Sie wollten Nessas Handy. Das haben sie bei mir zu Hause nicht gefunden, weil ich es bei mir hatte.«

»Was? Die haben auch bei dir gesucht?«

»Mein Zimmer war durchwühlt, als ich gestern Nacht nach Hause kam. Meine Eltern waren nicht da, die Typen sind über den Hintereingang rein. Meine Oma vergisst immer, dort abzuschließen.«

»Wo bist du jetzt? Ich dachte, du warst heute bei der Polizei?«

»Ich konnte einfach nicht, ich wollte es … ich wollte es nicht hergeben. Und heute Morgen, da … waren sie auf einmal wieder da, auf der Straße, als ich gerade loswollte. Da haben sie mir mein Handy weggenommen. Dachten wohl, es wäre Vanessas.«

»Und wo ist das Ding jetzt? Wo bist *du* jetzt?«

»Zu Hause. Ich hab das Handy.«

»Zu Hause? Was, wenn die wiederkommen? Mensch, Leander, warum gehst du nicht wenigstens jetzt zur Polizei?«

Einen Moment herrschte Schweigen. Dann erklang ein kleines Ächzen. »Weil ich blute und kaum laufen kann.«

»Was?«

»Die haben mich abgepasst heute Morgen, habe ich doch gerade gesagt.«

Etwas Kaltes huschte durch mich hindurch. »Okay. Okay.« Ich blieb vor der Turnhalle stehen, aus der schon die Trillerpfeife von Hoppi, unserem Sportlehrer, erklang. Hoppi würde auf meine ohnehin blamable Hochsprungvorführung verzichten müssen. »Ich komme zu dir. Okay? Bleib, wo du bist. Und ruf die Polizei an.«

»Nein«, kam es sofort zurück. »Lena, ich weiß jetzt auch, warum die das Handy wollen. Die machen uns fertig, wenn wir zur Polizei gehen. Da haben sie sich ziemlich deutlich ausgedrückt.«

»Warum denn?« Meine Stimme klang ganz belegt.

»Ich zeig es dir, wenn du hier bist.« Er zögerte kurz. »Und klingle nicht. Ich bin im Baumhaus.«

Auf dem Weg zu Leander hatte ich das unbestimmte Gefühl, dass mir jemand folgte. Ich war dummerweise heute Morgen ohne mein Fahrrad losgegangen, weil ich so ein blödes Plakat als Projekt in die Schule transportieren musste. Deshalb fuhr ich mit dem Bus zu Leanders Viertel. Als ich an der Haltestelle in der Nähe von Leanders Haus ausstieg und die leere Straße entlanglief, hörte ich mehrmals ein Knirschen hinter mir und Schritte, aber jedes Mal, wenn ich mich umdrehte, war niemand zu sehen. Wie konnte das sein? Wurde ich schon paranoid? Dachten die Typen jetzt etwa, dass *ich* das Handy hatte? Ich öffnete nervös das Gartentor zu Leanders Grundstück. Ein paar Häuser weiter backte jemand einen Kuchen, der Duft lag in der Luft, Flieder blühte, ein paar erste Pfingstrosen ebenfalls, ein Kind quengelte irgendwo, dann lachte es auf einmal. Leanders graue Katze stromerte wie immer durch den Garten. Behaglich idyllisches Vorstadtleben.

Diese Illusion zerplatzte sofort, als Leander die Tür des Baumhauses öffnete. Er sah schrecklich aus. Getrocknetes Blut klebte ihm unter der Nase und er hielt sich einen Beutel mit Eis an die Stirn. Sein Arm war dreckig und aufgeschürft, seine Lippe geschwollen.

»Scheiße«, flüsterte ich entsetzt, aber er winkte ab, sah vorsichtig in den Garten hinunter und signalisierte mir hochzukommen.

»Komm.«

Ich kletterte die Leiter zu Kimmys Baumhaus hoch, ein ziemlich großer Raum, mit bunten Kissen und Decken auf dem Fußboden, einem mit Wäscheklammern befestigten Vorhang und Kinderzeichnungen an den Wänden. In der Ecke saßen ein paar Puppen und hielten ein stummes Kaffeekränzchen mit hellblauen Plastiktassen. Ein einsames Puppenbein lag daneben und wirkte irgendwie gruslig, ein Eindruck, der durch zahllose blutbesudelte Papiertaschentücher auf dem Fußboden noch verstärkt wurde.

»Wo sind denn deine Eltern?«, fragte ich.

Er schob mit dem Fuß ein Bündel Klamotten zur Seite. »Die sind für ein paar Tage weggefahren. Mit meiner Oma und Kimmy. Kimmy ist ein bisschen … durcheinander.« Sein Blick streifte ein Bild, das an der Wand hing. Von Kimmy gemalt. Es zeigte eine Krakelfigur mit Flügeln und Nachthemd und langen Haaren, die über den Wolken schwebte. Vanessa als Engel.

»Ich habe die Pin-Nummer rausbekommen«, erklärte Leander ohne Einleitung. »Es war ganz einfach. Sie stand ja schon hier drin.« Er zeigte mir Vanessas Handy und öffnete darauf die Notizen. »Dieser seltsame Satz hier, erinnerst du dich? Hat mir keine Ruhe gelassen, denn es ergab keinen Sinn. Bis auf die Zahl. 1892. Die habe ich probiert. Und die hat die App geöffnet. Du hattest recht. Da ist ein Video drin.«

Die Notizen. Dieser unverständliche Satz, natürlich.

»Was ist mit dem Rest der Notizen?«, fragte ich, während ich langsam nach dem Handy griff. »Haben die auch eine Bedeutung?«

Er nickte und sah unendlich traurig dabei aus. »Aber nur für mich«, sagte er leise.

Ich öffnete die App und stellte fest, dass Vanessa nur ein einziges Video darin gespeichert hatte. Es war auch nicht lang, ungefähr drei Minuten. Ich holte tief Luft und drückte auf Wiedergabe. Zuerst waren nur Beine zu erkennen. Jeans, Turnschuhe. Das Video wackelte ein bisschen und schwankte hin und her und ich begriff, dass sie das heimlich gefilmt hatte. Es zeigte junge Männer, fast noch Jungs. Sie hantierten mit etwas, das im ersten Moment wie die Bestandteile eines Kaufmannsladens aussah, dann erkannte ich, was es war. Drogen. Pülverchen und Pillen und Waagen und Tütchen. Sie maßen ab, scherzten, redeten darüber, schmissen mit seltsamen Namen und Begriffen um sich, wie geil dieses oder jenes war und wie viel Kohle sie damit machen würden oder schon gemacht hatten. Einer sprach von einer neuen Lieferung. Ich erkannte den Skarabäus. Einen anderen sah ich nur von hinten, aber ich erkannte ihn trotzdem. Der Typ mit den kurzen Beinen, der sich in meinem Zimmer versteckt hatte. Eine Hand kam näher, die des Skarabäus, dank seiner Tätowierung nicht zu verfehlen. Er drückte Vanessa ein Päckchen in die Hand. »Spitzenzeug«, sagte er. »Wirst du nicht bereuen.« Geld wechselte den Besitzer. Man konnte Vanessa lachen hören, ihr perlendes, glockenklares Lachen. »Und wehe nicht«, sagte sie. »Dann geht's dir an den Kragen.« Dann musste sie sich langsam im Kreis gedreht haben, um alle richtig ins Bild zu bekommen, denn zum Schluss war jedes Gesicht deutlich zu sehen. Es war die perfekte Aufnahme, die jeden der Anwesenden belastete. Ein absolut gefundenes Fressen für die Polizei.

Ich blieb eine Weile lang still. »Warum um alles in der Welt hat sie das aufgenommen?«, fragte ich schließlich. Das war mir zu hoch. Ich verstand das nicht. Drogen selbst zu nehmen war eine Sache, aber die Dealer filmen?

Leander vermied es, mich anzusehen. »Sie war nicht die, für die wir sie gehalten haben. Sie war total anders. Die Vanessa, die wir kannten, war nur eine

Maske. Ein *Fake*. Oder vielleicht war es das, was von der echten Vanessa noch übrig war, keine Ahnung. Wir haben sie alle …« Er stockte. »Es hat sie alles gelangweilt. Sie hat den Kick gesucht. Immer wieder einen neuen. Es fiel ihr ja alles so leicht. Da hat sie sich irgendwann mit diesen Typen eingelassen. Und ich schätze mal, Drogen haben sie dann auch langsam gelangweilt, aber das Video, das war der ultimative Kick. Die ganze Bagage in der Hand zu haben, sie erpressen zu können oder so. Wir waren alle nur Mittel zum Kick.«

»Woher weißt du das auf einmal alles?« Die Art, wie er von ihr redete, machte mich stutzig. Er hatte sie entthront, aber da war noch etwas anderes. Er war tief verletzt, geradezu verbittert.

»Ich weiß es eben. Und ich weiß jetzt auch, wozu die fähig sind. Jedenfalls glaube ich nicht mehr an einen Unfall. Die haben Vanessa aus dem Weg geschafft. Dreimal darfst du raten, warum, sie muss denen irgendwie gesteckt haben, dass sie das Video hat. Und dir …«

Die Szene im Wald erschien wieder vor meinen Augen. Vanessa am Baum, der Typ davor, die Arme lässig abgestützt. Sie sahen aus wie ein Liebespaar, aber sie waren keins. Und die Bitte in Vanessas Augen, die war echt. Ein stummer kleiner Hilferuf, den ich nicht kapiert hatte.

»… und mir wollten sie es in die Schuhe schieben«, beendete ich seinen Satz. »Zur Sicherheit. Falls es doch nicht wie ein Unfall aussah. Weil ich so schön eifersüchtig herumgebrüllt habe.« Das Baumhaus fing an, sich um mich zu drehen, und ich setzte mich schnell auf den Boden, legte mich hin, vergrub mein Gesicht in seiner Jacke, die da lag, die muffig und ungewaschen und doch wie Leander roch. Der Bretterboden quietschte. Leander hatte sich neben mich gelegt, stumm schlang er den Arm um mich. Nichts hatte ich mir in den letzten Wochen mehr gewünscht. Aber genießen konnte ich es nicht. Mein ganzer Körper bebte. Vor Wut, vor Schock.

»Ich trau mich nicht damit zur Polizei«, sagte er leise. »Ich meine, die werden die Typen ja nicht alle sofort verhaften, oder? Man weiß doch, wie das ist. Die tauchen unter, hauen ab, was weiß ich. Und dann lauern sie mir irgendwann auf und machen mich fertig. Scheiße, Mann, ich will Informatik studieren. Da will ich mir nicht das Gehirn zu Brei schlagen lassen. Die waren heute zu zweit, sind wie aus dem Nichts aufgetaucht. Und wenn nicht so ein paar Bauarbeiter um die Ecke gekommen wären, dann könntest du mich jetzt wahrscheinlich im Krankenhaus besuchen.«

»Was schlägst du dann vor?«, flüsterte ich.

»Ich gebe es ihnen. Ganz einfach. Dann ist Ruhe.«

Ich setzte mich hin. »Aber vorher machen wir eine Kopie. Du gibst ihnen das Ding, aber wir speichern das Video und schicken es anonym an die Polizei.«

»Anonym. Als ob die nicht deine IP-Adresse herausfinden können. Außerdem will ich nicht ins Haus und dort Licht machen.« Leander setzte sich ebenfalls auf und schüttelte den Kopf.

»Gib mir das Ding.« Ich streckte die Hand aus. »Ich lass mir was einfallen. Okay? Ich mache eine Kopie und irgendwie drehen wir das. Und du solltest wirklich nicht alleine zu Hause bleiben. Was, wenn die wiederkommen?«

Leander lächelte das erste Mal seit Ewigkeiten wieder und wie ein Geist blitzte der frühere, sorglose und witzige Leander durch. »Ich habe vorhin noch Hendriks Bruder angerufen. Unseren Bandmanager.« Er grinste schief. »So nennt er sich jedenfalls. Der hat ein Auto, das borgt er mir. Ich kann irgendwohin fahren und vielleicht kann ich sogar in dem Ding pennen. Und wenn er doch nicht auftaucht, dann bleibe ich einfach hier, in Kimmys Baumhaus, bis du wiederkommst«, sagte er. Seine Hand glitt sanft über meinen Arm. »Es ist warm und gemütlich und voller schöner Erinnerungen.«

Ich lehnte meinen Kopf an seine Brust. Sein Herz klopfte wie wild und ich spürte die warme Haut an seinem Hals. Ich weiß nicht, ob er sich absichtlich drehte oder ob es Zufall war, aber auf einmal befanden sich meine Lippen an seinem Kinn.

»Lena«, flüsterte er.

Ich küsste ganz sachte seine Oberlippe, um nicht an die Schwellung zu kommen, doch er presste mich plötzlich an sich, wir fielen auf die Kissen am Boden, meine Wange war im Nu nass von Tränen und Küssen, Leander schob mein T-Shirt hoch, ich riss sein

Hemd auf, während sich die Gedanken in meinem Kopf überschlugen, ob das richtig war, was wir hier machten. Aber irgendwann hörte ich auf zu denken und klammerte mich nur noch an ihn, in der Hoffnung, dass der Schmerz in mir endlich aufhörte.

Später stand ich auf, zog mich an, küsste ihn sacht auf die verschwitzten Haare und rief meine Mutter an, damit sie mich im Auto abholte. Vanessas Handy nahm ich mit.

23

Juni

Ich befinde mich wieder in dem Auto, diesmal darf ich vorn sitzen. Eine Beförderung, sozusagen. Der Albino wollte mir die Hände fesseln, aber Skarabäus hat ihn gefragt, ob er noch ganz richtig tickt. Daraufhin hat der Albino gekuscht, auch wenn ihm anzusehen war, dass es ihm nicht passte. Wenn mich nicht alles täuscht, hätte es ihm einfach nur *Spaß* gemacht, meine Hände zu fesseln. Ich bin froh, dass er nicht mitkommt. Er und Wollmütze bleiben bei Leander. Beim Rausgehen konnte ich einen Blick auf das Haus gegenüber erhaschen. Hagedornstraße 13. Ich versuche, es mir zu merken, auch wenn ich nicht sicher bin, ob ich diese Information je verwenden kann …

Der Skarabäus steckt sich eine Zigarette an und verqualmt das ganze Auto. Ich würde liebend gern das Fenster öffnen, aber als ich es versuche, geht es nicht.

Er grinst nur.

Wir fahren und schweigen, es gibt nichts zu sagen. Ich frage mich, ob er Max ist. Garantiert. Er ist *M*. Ob er der Anführer ist? Nennt man das so? Der Oberdrugdealer?

Dann sage ich doch etwas. »*Scratch*«, sage ich. »Das war von dir, stimmt's?«

Er grinst wieder. »Hat es dir nicht gefallen? Manche Leute sind ganz verrückt danach.«

»Nein«, antworte ich. »Es war widerlich.« Ich hatte also recht. »Wieso mir?«, frage ich, obwohl ich die Antwort natürlich kenne. Aber ich will, dass er mit mir redet. Wer redet, gibt Schwächen preis, und vielleicht kann ich ja doch noch hier weg. Denn wenn er erst mal das Handy hat …

»Kleiner Tipp«, sagt er. »Nicht so viel quatschen. Einfach mal Schnauze halten.« Er blinkt und biegt ab. Wir sind auf einer Hauptstraße, neben uns hält die Straßenbahn. Ein paar Leute gucken gelangweilt aus den Fenstern auf uns hinunter. Der Skarabäus wird nervös, ich merke es. Es sind ihm zu viele Leute hier. Soll ich schreien? Das Steuer herumreißen? Auf ihn einschlagen?

»Keinen Scheiß, verstanden«, sagt er, als hätte er meine Gedanken gelesen, aber die sind wahrscheinlich nicht sonderlich schwer zu erraten. Er tippt auf seine Brusttasche, in der sein Handy steckt. »Denk an deinen Freund. Beim nächsten Mal gehen wir nicht so vorsichtig mit seiner schönen Visage um.«

Die Straßenbahn quietscht und kommt behäbig in Gang, während ich Hysterie in mir aufsteigen fühle. Was mache ich hier? In was für einen Scheiß bin ich da eigentlich hineingeraten? Wie konnte Vanessa nur mit diesem Typen …

»Vanessa …«, setzte ich erneut an.

»Schnauze, Mann!« Er bremst so scharf an der Ampel, dass ich beinahe mit dem Kopf gegen das Fenster knalle. Draußen droht ihm ein älterer Mann wütend mit dem Stock.

Der Skarabäus schnaubt amüsiert. Und überraschenderweise antwortet er doch noch. »Es war ein Unfall.«

Ich denke kurz nach. Das kann nicht sein. Wenn es ein Unfall war, wieso wollten sie mir das Ganze dann anhängen?

Wir halten vor meiner Schule an.

24

Mai/Juni

Im Auto hatte ich noch überlegt, ob ich meinen Eltern von dem Video erzählen sollte. Früher hatte ich sie schließlich immer um Rat gefragt. Aber meine Mutter war mies drauf, regte sich auf der Heimfahrt über ihren Chef Dr. Rühmer auf und wie er offenbar glaubte, dass sie nichts Besseres zu tun hatte, als nun auch noch Putzfrau zu spielen und Patientenakten zu sortieren, nur weil die Rezeptionszicke blaumachte, und überhaupt, sie sollte sich endlich mal einen neuen Job suchen, am liebsten halbtags. Sie bremste zu hart und gab zu schnell Gas und schimpfte über alles, was unseren Weg kreuzte. Sie hatte nicht mal gefragt, wieso ich auf einmal wieder bei Leander war, wahrscheinlich hatte sie vor lauter Stress vergessen, dass ich gar nicht mehr mit ihm zusammen war.

Jetzt mit dem Video anzufangen, war keine gute Idee, außerdem brachen meine Eltern, kaum dass wir zu Hause angekommen waren, einen heftigen Streit wegen einer Rechnung vom Zaun und ich verzog mich in mein Zimmer. Wie immer in der letzten Zeit inspizierte ich sofort alle Ecken, sah in den

Schrank und unter das Bett, obwohl da nur Platz für ein Meerschweinchen gewesen wäre. Es war wirklich Zeit, dass das endlich aufhörte. Morgen.

Ich holte das Handy heraus und dachte an Leander, der jetzt alleine im Baumhaus lag. Ob er an mich dachte? Seine Küsse brannten noch auf meiner Haut, sein Flüstern kitzelte mich noch wie ein zärtliches Echo. Es hatte sich verboten und falsch und doch so gut angefühlt.

»… ich kaufe ja auch nicht dauernd neuen Krempel«, rief mein Vater gerade unten. »Zum Beispiel das hier – was *ist* das? Wozu brauchen wir das?«

»Ein Juicer«, rief meine Mutter wütend zurück. »Damit *du* gesund bleibst und keinen Herzinfarkt bekommst!«

Die Schritte meines Vaters stapften die Treppen zu meinem Zimmer hoch. Er klopfte halbherzig und kam dann rein.

»Juicer«, sagte er und rollte mit den Augen. »Manchmal ist deine Mutter einfach …« Er schüttelte den Kopf. »Da war heute übrigens so ein Junge hier für dich«, sagte er.

»Was?«, fragte ich alarmiert. »Wer denn?«

»Hat seinen Namen nicht genannt. Wollte dich unbedingt sprechen.«

»Wie sah er denn aus?«

»Na«, mein Vater hob überfordert die Hände, »nicht sehr groß. Dunkle Jacke, kurze Haare. Leander war es nicht.«

Es sollte wohl ein Witz sein, aber ich brachte nicht

mal ein Lächeln zustande. Wer zum Teufel hatte hier geklingelt? Etwa der Einbrecher?

»Was hat er gesagt?«

»›Ist Lena da? Ich muss sie sprechen.‹ Und als ich verneint habe, hat er sich umgedreht und ist gegangen. Ziemlich flegelhaft, wenn du mich fragst. Aber so sind die ja wohl heute alle. Gangsterlook und dumme Sprüche.« Er winkte ab und ging runter.

Gangsterlook. Wie hatte ich mir einbilden können, die würden mich hier in Ruhe lassen, nur weil meine Eltern zu Hause waren? Ich machte das Licht in meinem Zimmer aus und marschierte schnurstracks zum Fenster. Draußen war niemand zu sehen, nur Frau Wolters von nebenan mit ihrem Hund. Unsere Straße war auch abends viel zu hell, da konnte man sich kaum verstecken. Die Häuser hier waren keine sieben Jahre alt, die meisten Bäume noch kleine Pflänzchen. Irgendwo schepperte eine Mülltonne. Es sei denn, man versteckte sich direkt am Haus … Ich drehte mich um und lief hinunter. Leise kontrollierte ich, ob die Eingangstür, die Kellertür und die Tür, die von der Küche zum Garten hinausging, auch verschlossen waren. Gott sei Dank stritten meine Eltern immer noch leise im Wohnzimmer, wahrscheinlich über das Fernsehprogramm, und kamen nicht heraus. Kurz danach ertönte das Konservengelächter einer Sitcom. Mein Vater hatte also gewonnen. Ich ging wieder hoch und legte mich mit Vanessas Handy auf mein Bett. Ich sah mir das Video ein zweites Mal an, diesmal verstand ich noch weniger, was sie da gemacht hatte. Mit solchen Leuten ließ man sich nicht ein, das wusste doch jeder! Leanders Worte kamen mir wieder in den Sinn.

Aber nur für mich, hatte er auf meine Frage geantwortet, ob der Rest der Notizen eine Bedeutung hatte. Ich sah mir den komischen Satz noch einmal an. *Das Nussknacker-Ballett wurde 1892 zum ersten Mal im Mariinski Theater aufgeführt.* Was hatte er darin noch entdeckt? Und warum wollte er es mir nicht sagen? Wir waren doch jetzt wieder zusammen. Oder? Ich war mir nicht sicher, wir hatten nicht darüber geredet. Das Nussknacker-Ballett. Da hatte sie die Clara getanzt, das wusste jeder, das war kein Geheimnis. Ich schüttelte ratlos den Kopf. Es ergab keinen Sinn. Warum hatte sie das aufgeschrieben? Wegen der Zahl. Die Zahl war ihre Pin-Nummer. Dann war der Rest des Satzes vielleicht auch ein Passwort? Natürlich. Aber wofür? Es gab ja nichts weiter auf dem Handy, das ein Passwort benötigte. Facebook. Das hatte Leander schon geöffnet. Es war ihr ganz normales Facebook, kein Geheimnis tat sich auf, nur süßliche Kommentare und endloses »Gefällt mir«, brutal zum Stillstand gekommen am 30. April. Ich spielte mit dem Handy herum und starrte auf das Display. Was noch? Natürlich. Das Internet. Ich öffnete es und ging in die Favoriten. Eine Webseite für Online-Tagebücher. Der Benutzername stand noch drin – Clara. Hatte Leander den rausgefunden? Und das Passwort … Ohne groß nachzudenken gab ich Nussknacker als Passwort ein. Es funktionierte nicht.

Nussknacker-Ballett auch nicht. Dann eben ... Mariinski. Ich war drin. In Vanessas Onlinetagebuch. Im Tagebuch von Clara.

Ich überflog die Zeilen und Einträge und las mit wachsendem Entsetzen, wie Vanessa sich darin über alle lustig machte. Was sie über Leander schrieb ...

... langweilt mich jetzt schon mit seinen kindischen Liebesschwüren ... all diese Lemminge um mich herum ... bleiben immer in ihrer Safe-Zone, tagein, tagaus, bis sie in den Sarg kippen ... Langeweile umschlingt mich wie eine Krake ... von M. was Neues bekommen und ausprobiert, Baby-Boy L. weigert sich weiterhin, auch nur einen Joint zu rauchen. Womit habe ich das verdient? Aber ich schaffe das schon noch. Ich hab es ja schließlich auch geschafft, ihn verknallt zu machen, obwohl er mich doch angeblich nicht wollte, haha. Und wenn ich ihn abstoße, rennt er womöglich zu dem struppigen Huhn zurück, die sich ihre Pandaaugen nach ihm ausheult, und das kann ich ja nicht zulassen. Sonst hätte ich ja verloren und ich verliere nie. Nie! ...«

Ich schnappte schockiert nach Luft, dann las ich weiter.

... Baby-Boy L. ins Bett gebracht und auf ins wahre Leben ... mit M. gevögelt, just for fun, gar nicht schlecht für einen alten Mann, haha ... wie soll ich das beim Studium mit all den Lemmingen aushalten ... gibt es irgendwo da draußen noch eine verwandte Seele, die sich

was traut, die ausbricht ... Baby-Boy L. nervt, hat Spaß gemacht, ihn um den Finger zu wickeln, aber jetzt nur noch ätzend ... Sollte mich von Clara in Night Owl umnennen ... M. denkt, er ist ein großer Gangster, dabei ist er doch nur ein kleiner Vorstadtganove ... ich werd ihm zeigen, wie dämlich er und seine Gang sind ... Gang ist gut, bunch of losers ... Vorstadtkrokodile wohl eher, ha-ha ... Dummheit muss bestraft werden ... denkt M. ernsthaft, dass er jetzt irgendwelche Ansprüche auf mich hat? Wegen dem bisschen Sex? ... Hat die fette Kuh von nebenan mich wieder beobachtet? ...

Ich ließ das Handy sinken und rieb mir ungläubig über die Schläfen. Leanders Stimme hallte in meinem Kopf. *Die Vanessa, die wir kannten, war nur eine Maske. Ein Fake.*

Leander hatte das hier gelesen, da war ich mir jetzt sicher. Was für eine Demütigung. Was für ein Schlag ins Gesicht. Mit *M.* hatte sie ihn betrogen. Mit einem Drogendealer in Camouflage-Hosen und mit tätowiertem Finger.

Ich las die Zeilen wieder und wieder, drang in Vanessas Seele vor und fand ein kaputtes, egozentrisches Mädchen mit erfolgsgeilen Eltern und einer tiefen Verachtung für alle um sie herum. Was war mit ihr passiert, dass sie so fühlte? Dass sie *nichts* mehr fühlte? Im Haus war es still geworden, meine Eltern waren offenbar ins Bett gegangen. Bleiern sackten meine Augenlider immer wieder nach unten, ich konnte nicht mehr. Ich kopierte das Video auf meinen Laptop, steckte das Handy in meine Tasche, machte das Licht aus und sah noch mal hinaus auf die Straße. Da stand jemand. Eine Figur mit Kapuzenjacke, die Hände in den Taschen.

Er sah direkt zu meinem Fenster.

Am nächsten Morgen ließ ich mich von meiner Mutter in die Schule fahren, Vanessas Handy in meiner Tasche wurde mit jeder Sekunde schwerer. Ich sah immer wieder nach hinten und aus dem Fenster, bis meine Mutter mich gereizt fragte, was denn nur mit mir los sei, und ich mich zusammenriss.

In der Schule war alles wie immer. Sosehr es mir in den letzten Wochen auch widerstrebt hatte, dorthin zu gehen – jetzt kamen mir unser Klassenzimmer, die Korridore mit ihrem Geruch nach Bohnerwachs, Schülerschweiß und Essen vor wie ein sicherer Hafen. Leander war nicht da, aber das überraschte mich nicht, dafür bat mich Julia erstmals wieder um Hilfe in Englisch und in der Matheklausur bekam ich eine Zwei. Die Blumen für Vanessa waren mittlerweile verwelkt, die Plüschtiere und Briefe vom Regen aufgeweicht und von irgendeiner entschlossenen Lehrkraft entsorgt worden. Lediglich ein großes Foto mit schwarzer Schleife hing noch unten im Foyer, daneben eine vollgeschriebene Wand aus Papier mit Gedanken und Kommentaren. Die Vanessa-Klinger-Klagemauer. Bislang hatte ich vermieden, dort etwas zu lesen, heute trieb mich eine unsichtbare Macht dahin. *Nur die Besten sterben jung. Ein tragischer Verlust eines wunderbaren Menschen. Deine Freundlichkeit und Selbstlosigkeit bleiben in unserer Erinnerung. Wenn es Engel gibt, dann war Vanessa einer.*

Es war unglaublich, all dies zu lesen und dabei an ihr Tagebuch zu denken. Ich musste mich zwingen, dass sich kein irres Grinsen in mein Gesicht schlich.

»Lena?« Tine kam auf mich zu. Sie lächelte etwas verwirrt, wunderte sich offenbar, dass ich vor der Klagemauer stand. »Alles klar?«

»Hey. Ja, alles klar. Und bei dir?«

»Ja, doch.« Sie druckste ein bisschen herum und kam dann auf den Punkt. »Ich fühle mich total schlecht, Lena. Wollen wir nicht irgendwas zusammen machen? Weggehen? Ins Kino? Im Kepplerpark hat der Rummel seit heute auf. Ich fahre auch mit dir Achterbahn.« Sie lächelte entschuldigend. Es war eindeutig ein Versöhnungsangebot. Und Tine konnte ja nichts dafür, dass ihre Eltern so bescheuert waren. Ich sehnte mich nach einer Vertrauten, schließlich war so viel passiert. Und ich wollte mit irgendjemandem teilen, was gestern zwischen mir und Leander passiert war. Aber nicht so zwischen Tür und Angel.

»Klar. Vielleicht morgen?«

Sie nickte und strahlte. Dann zupfte sie plötzlich an meiner Tasche. »Dein Handy rutscht gleich raus.«

Ich sah nach unten und erschrak. Es war nicht mein, sondern Vanessas Handy, das aus einem Loch in der Tasche herausragte. Meins war weiß, aber das hatte Tine zum Glück vergessen.

»Ich … danke.« Ich presste die Tasche an mich wie ein Baby.

Tine runzelte leicht die Stirn, sagte aber nichts.

»Ich ruf dich an, okay?« Ich winkte ihr kurz zu, lief die Treppen hoch zu den Schränken der Oberstufe. Ich benutzte meinen nur noch selten, meist nur, um Sportzeug zu verstauen. Aber jetzt kam mir der Schrank gerade recht. Ich konnte echt nicht riskieren, dass ich das Handy verlor oder es mir jemand aus der Tasche klaute. Ich sah mich kurz um, legte Vanessas Handy in den Schrank und versperrte das Nummernschloss. Beinahe hätte ich die 1892 genommen. Noch drei Stunden bis Schulschluss. Dann würde ich, das war mein Plan, zurück zu Leander gehen. Der sollte den Typen das Handy geben. Damit gewannen wir Zeit. Und ich würde irgendwie das Video an die Polizei mailen, mir würde schon etwas einfallen.

Die letzte Stunde war Deutsch, einige letzte Nachzügler mussten noch ein Referat über ein zeitgenössisches Buch halten und so hörte ich qualvolle 45 Minuten lang zu, wie sich Julia und noch ein paar andere durch ihre zerknitterten und weich geschwitzten Blätter stammelten und dabei immer wieder den Faden verloren. Einer hatte sein Buch eindeutig nicht gelesen und stritt bis über das Klingelzeichen hinaus mit Frau Pfeifer herum, indem er behauptete, eine andere Ausgabe als sie zu haben.

Nichts wie weg. Ich war schon halb aus der Tür, als Tine mich rief.

»Lena, warte.« Sie kam auf mich zugerannt und drückte mich. »Wir wollen doch heute schon auf den Rummel, kommst du mit?« Hinter ihr standen Nadine und Julia. Julia lächelte wie eh und je und Nadine kam tatsächlich auf mich zu und zupfte an meiner Jacke.

»Sieht süß aus«, sagte sie. »Also – was ist? Da gibt's angeblich Bratwürste, die einen halben Meter lang sind.« Mein Magen knurrte verräterisch.

»Und Zuckerwatte«, sagte Julia. »Und ein Fahrding, das *Octopussy* heißt, und ein endgeiles Teil namens *Mixer*.«

»Aber Lena darf nicht so viel essen, wenn sie im Mixer fahren will, sonst kotzt sie wieder in die Büsche wie letztes Jahr«, sagte Tine.

Wir lachten alle los. Es war unendlich befreiend. Wir lachten und lachten bei der Erinnerung an den genialen Tag vor einem Jahr, als wir zu viert lärmend über den Rummel gezogen waren und Junkfood in uns reingestopft hatten.

»Nur wir vier«, fügte Tine hinzu. »Nur wir Mädchen.«

»Ich …« Ich biss mir auf die Lippen.

»Sag jetzt nicht, dass du nicht kannst, also echt mal.« Tine zog mich am Arm mit sich und ich genoss das Gefühl, wieder mit dabei zu sein. Ich hatte es unendlich vermisst. Es war so schön, dass ich sogar bereit war, mich mit Nadine zu versöhnen.

»Los, kommt. Ich habe später noch Training«, sagte Nadine. »Ewig kann ich sowieso nicht bleiben.«

Wir standen schon unten vor der Schule, als mir siedend heiß einfiel, dass Vanessas Handy ja gar nicht mehr in meiner Tasche war, sondern oben im Schrank. Sollte ich es holen? Aber im Gedränge auf dem Rummel würde ich es vielleicht erst recht verlieren. Andererseits müsste ich so nach dem Rummel noch mal zurück zur Schule und dann zu Leander. Und überhaupt – Leander wartete auf mich, da konnte ich doch nicht einfach über den Rummel spazieren, als hätte ich sonst keine Sorgen. Ich stand da wie gelähmt und konnte mich nicht entscheiden, als mich plötzlich jemand ansprach.

»Hey, Lena. Endlich erwische ich dich mal.«

Ich fuhr herum. Erst sah ich nur die kleine gedrungene Gestalt und die dunkle Jacke und fuhr so erschrocken zusammen, dass ich meine Tasche fallen ließ. Dann erkannte ich ihn. Es war Ben. Der Typ aus dem Café. Der sich jeden Abend mein Foto reinzog. Und er lachte wie ein Idiot voller Freude, als hätten wir uns hier zum Date verabredet oder so.

»Hast du schon was vor?«, fragte er tatsächlich. »Vielleicht könnten wir ja irgendwas zusammen machen?«

»Wir gehen auf den Rummel«, blökte Julia prompt. Sie starrten Ben alle drei mit einer Mischung aus Neugierde und Belustigung an.

»Auf gar keinen Fall«, brachte ich endlich heraus. »Tickst du noch ganz richtig?« Ich betrachtete ihn –

sein schwammiges und gleichzeitig kindliches Gesicht, die blöde Zahnspange, die sein Lächeln metallgrau und irgendwie schmutzig aussehen ließ. Seine Arme, die in zu langen Ärmeln der dunklen Jacke fast bis an die Knie baumelten. Die dunkle Jacke. Plötzlich hatte ich eine Eingebung.

»Du warst gestern bei mir, stimmt's?«, fragte ich. »Du hast geklingelt und abends hast du vor meinem Fenster gestanden, nicht wahr?«

Er senkte schuldbewusst den Kopf, grinste aber. »Sorry. Hab gedacht, du guckst mal aus dem Fenster.«

Tine und die anderen beiden wechselten einen bedeutungsvollen Blick. Tine räusperte sich demonstrativ und sagte: »Wir gehen dann schon mal vor, Lena.«

Ich wollte nicht, dass sie gingen. Aber gleichzeitig wollte ich nicht, dass sie Zeugen wurden, wie mir dieses Puddinggesicht gestand, dass er in mich verknallt war oder so was.

»Ich komme mit«, sagte ich, aber sie liefen schon kichernd weiter.

»Ihr geht also auf den Rummel?«, fragte Ben.

»Hörst du irgendwie schwer?«, fragte ich zurück. »Du sollst mich in Ruhe lassen. Wenn du noch mal bei mir klingelst oder vorm Fenster stehst, dann rufe ich die Polizei.«

»Warum?«, fragte er.

Ich konnte es nicht glauben. Er war sich keiner Schuld bewusst. »Warum? Warum? Weil du dich aufführst wie ein Stalker, verdammt noch mal. Machst irgendwelche Fotos und … und …« Mir fehlten die Worte, es war alles so lächerlich. Etwas quietschte auf der Straße. Ich drehte mich um. Neben uns hatte ein roter Renault angehalten, der Fahrer stieg aus und kam auf mich zu. Ich kannte ihn nicht, er hatte eine dunkle Sonnenbrille auf und ganz hellblonde Haare, die schon fast weiß wirkten.

»Lena?«, sagte er. »Du bist doch Lena, stimmt's? Leander schickt mich.«

Augenblicklich hatte ich den blöden Ben vergessen.

»Was ist denn?«, fragte ich erschrocken. Das musste Hendriks Bruder sein. »Bist du Hendriks Bruder?«

Er wirkte leicht überrascht, nickte aber dann. »Ich soll dich holen und zu ihm bringen. Damit du nicht alleine laufen musst, du weißt schon.« Er sah sich nervös um. Leander musste ihn eingeweiht haben.

Mein Magen krampfte sich zusammen. »Ist irgendwas passiert?«

Aus den Augenwinkeln nahm ich wahr, dass Ben immer noch dastand.

»Keine Ahnung. Hat er mir nicht gesagt.« Hendriks Bruder wandte sich plötzlich an Ben. »Wartest du auf was Bestimmtes?«

Er wollte ihn loswerden. Nicht vor ihm reden. Irgendetwas *war* passiert. Ben stand immer noch da wie angewurzelt.

»Los, Lena, komm.« Hendriks Bruder nickte mit dem Kopf zum Auto und ich stieg wie ferngesteuert ein, warf einen letzten Blick auf Ben, der mich verdattert ansah, entdeckte Tine, Julia und Nadine weiter vorn an der Ecke, wo sie jemanden getroffen hatten und laut lachten und sich nicht umdrehten.

»Sag denen Bescheid, dass ich später nachkomme«, befahl ich Ben. Der nickte gehorsam.

»Steig mal lieber hinten ein, wir holen noch jemanden ab«, sagte Hendriks Bruder zu mir. Ich verstand nicht ganz, warum derjenige nicht hinten sitzen konnte und wieso wir überhaupt noch jemanden abholen mussten, wenn Leander uns doch brauchte, aber manchmal ist man einfach zu dämlich oder zu höflich oder beides.

»Was genau ist denn passiert?«, fragte ich, als ich hinten saß und er sofort losfuhr. Ben starrte uns mit offenem Mund hinterher. »Jetzt sag endlich.«

Er antwortete nicht. Wieso antwortete er nicht?

»Hallo?«, sagte ich. »Wie heißt du eigentlich? Was hat Leander dir erzählt?«

Er schwieg. Mir wurde heiß. Irgendetwas stimmte hier nicht. Das war nicht Hendriks Bruder.

Der Typ antwortete immer noch nicht. Stattdessen verriegelte er die Türen.

»Hey!«, sagte ich. »Was soll denn das?« Mein Verstand weigerte sich, das Offensichtliche zu verstehen. »Lass mich aussteigen!«

Er reagierte nicht, fuhr stumm weiter, ich sah nur seine Sonnenbrille im Rückspiegel. Im Nu waren wir in einer verkehrsarmen Seitenstraße. Er sah aus wie ein Albino mit seiner beschissenen Brille.

Das Auto, in dem ich saß, roch nach kaltem Rauch.

25

Juni

»Steig aus.« Der Skarabäus, von dem ich mir jetzt sicher bin, dass er Max ist, windet sich aus seinem Sitz. »Wir gehen jetzt zusammen da rein, ganz nett und friedlich. Du holst das verdammte Ding und lächelst dabei, kapiert?«

Ich nicke. Ob noch jemand in der Schule ist? Ob ich jemandem ein Zeichen geben kann? Es ist jetzt fast 17.30 Uhr. Vielleicht der Hausmeister? Die Putzkolonne? Leute, die in der Turnhalle noch Training haben? Eifrige Lehrer, die sich nicht von ihrer Arbeit trennen können?

»Und wenn du zu irgendeinem auch nur ein Sterbenswörtchen sagst …« Er erhebt nicht mal seine Stimme. Zündet sich nur eine weitere Zigarette an. Ich hoffe, er stirbt so bald wie möglich an Lungenkrebs. »Ich hab dich gewarnt.« Er tippt vielsagend auf seine Brusttasche mit dem Handy darin. Und schiebt mich, damit ich mich endlich in Bewegung setze. Ich will nicht. Ich will nicht da rein und das Handy holen, denn was passiert, wenn ich es ihm gegeben habe? Bislang habe ich diesen Gedanken erfolgreich verdrängt, aber jetzt kommt die Stunde der Wahrheit. Ich schleppe mich über den Schulhof, meine Achselhöhlen klamm, trotz der schwülen Luft. Ich stinke wahrscheinlich mittlerweile total nach Schweiß. Nach Angstschweiß. Es ist kein Mensch zu sehen, nur eine dicke graue Katze, die auf der Mauer sitzt.

Meine Hoffnung, dass die Tür abgeschlossen ist, zerschlägt sich wenige Sekunden später. Obwohl – das bedeutet, dass sich noch jemand hier aufhält, oder nicht? Ich steige die Treppen hoch, der Skarabäus folgt mir und schnauft dabei. Keine Kondition, zu viele Zigaretten. Vielleicht kann ich ihm einfach davonrennen? Aber da ist immer noch Leander in dieser verpissten Bude in der Hagedornstraße.

»Lena, bist ja auch noch hier.«

Ich erstarre. Vor mir steht plötzlich unser Kunstlehrer mit seiner ausgebeulten Cargo-Hose und einer großen Rolle Papier in der Hand. Sein freundliches Gesicht mit dem Vollbart lächelt mich an.

Ich bin so perplex, dass ich gar nichts sagen kann.

»Tag«, sagt der Skarabäus und stößt mich von hinten leicht in die Rippen.

»Tag, Herr Leschner«, krächze ich. »Hab was vergessen.«

»Willkommen im Klub«, sagt er und lacht. »Ich war auch schon zu Hause und dann fiel mir ein, dass ich doch die Poster noch laminieren wollte für morgen.«

»Ach«, antworte ich. »Na so was.« Ich sehe ihn an, blinzele heftig, beiße mir auf die Lippen. Wie kann ich ihm nur signalisieren, dass er mir helfen soll?

Ich kämpfe mit den Tränen beim Anblick dieses gutmütigsten aller Lehrer, der in wenigen Minuten nach Hause gehen wird zu seiner Frau und den kleinen Zwillingen, von denen er ein Foto im Kunstraum stehen hat. Ob er sich auch nur eine Sekunde lang fragen wird, was mit der wie versteinert dastehenden Schülerin aus der zwölften Klasse los war? Wahrscheinlich nicht.

»Na dann«, sagt er auch schon prompt. »Noch einen schönen Abend.«

»Ebenfalls«, krächze ich und da geht er schon weiter.

»Na los«, sagt der Skarabäus leise. Ich steige die restlichen Stufen hoch bis in die letzte Etage, er folgt mir und wir treffen niemanden mehr. Ich öffne meinen Schrank, klaube das Handy aus dem Knäuel verschwitzter Sportsachen heraus und reiche es ihm. Kommentarlos lässt er es in seine Tasche gleiten. Er macht eine Kopfbewegung und wir treten den Rückzug an. Herr Leschner bleibt verschwunden, doch als wir unten aus der Haupttür in den Hof hinaustreten, weht eine Stimme zu mir. Nadines Stimme. Sie steht keine drei Meter von der Tür entfernt, ihre Sporttasche über dem Arm, eine Tüte Schmalzgebäck vom Rummel in der Hand. Tine steht neben ihr.

»… muss ich mir aber vor San Francisco unbedingt noch zulegen«, sagt Nadine gerade. »So superwarm ist es da glaube ich nicht. Oh Mann, das wird endgeil, Tine, ich halte es kaum noch aus, ich zähle die Tage, bis wir fliegen.«

Ich hätte es vor ein paar Minuten nicht für möglich gehalten, dass ich mich noch elender fühlen könnte, aber als ich das höre, würde ich am liebsten losheulen. Die beiden fliegen also zusammen. Deshalb heute die ach so nette Einladung, mal wieder was zusammen zu machen. Weil Tine garantiert ein schlechtes Gewissen hat. Aber sie muss Nadine ja eingeladen haben. Schon vor einer Weile, so etwas entscheidet man nicht von heute auf morgen. Da gab es Gespräche zwischen den Eltern, Gelächter und Schulterklopfen. All das, während meine Eltern immer noch glaubten, dass ich bald in die USA fliege und »hoffentlich diese ganze schreckliche Angelegenheit vergesse«. Ich kämpfe die Tränen zurück und schaffe es unter Aufbietung aller meiner Kräfte, ein neutrales Gesicht zu ziehen. Es ist doch auch egal. Scheißegal, angesichts meiner Situation, angesichts all dessen, was in den letzten Wochen passiert ist. Es betrifft mich nicht mehr, es ist Kinderkram, mein Leben hat längst andere Bahnen eingeschlagen. Wer weiß, wo ich bin, wenn die beiden nach San Francisco fliegen.

»Lena!«, sagt Tine überrascht. »Was machst du denn hier?«

Die beiden Mädchen wechseln einen Blick. Als sie mich heute das letzte Mal gesehen haben, stand dieser Ben neben mir, der aussah wie ein Fünftklässler und mir gerade gestanden hatte, dass er gern nachts unter meinem Fenster lauerte. Jetzt treffen sie mich wieder und ich habe einen Mann Anfang dreißig mit kahl geschorenem Kopf und Lederjacke im Schlepptau.

»Was vergessen«, antworte ich. Ich blinzele die Träne weg, die sich erneut hinausschleichen will.

»Dachte, du wolltest noch auf den Rummel kommen?«, fragt Tine.

Ich schüttle den Kopf. »Hat nicht so gepasst.«

»Hat nicht so gepasst«, wiederholt Tine. Sie schüttelt irritiert den Kopf. Der Skarabäus drückt mir seine Hand in den Rücken. Geh weiter, soll das heißen.

»Kennen wir uns?«, fragt Tine ihn jetzt. Sie will eindeutig nur herausfinden, was ich mit dem zu tun habe. Nadine grinst. Skarabäus antwortet nicht, der Druck in meinem Rücken verstärkt sich.

»Dann noch einen schönen Abend«, sage ich. »Könnt ja euren Trip nach San Francisco planen.«

Tine zieht erschrocken die Luft ein, Nadine lässt einen Schmalzkringel fallen. Damit haben sie nicht gerechnet.

»Lena, hör mal …«, setzt Tine an und sieht unheimlich betreten aus, wie ein kleines Mädchen, doch ich unterbreche sie, denn in diesem Moment habe ich einen Geistesblitz.

»Oder wenn ihr nicht euren Trip plant, vielleicht könnt ihr ja mal wieder *Secret Girls* spielen.«

Nadine runzelt fragend die Stirn.

»Hä?«, macht Tine.

»Tschüss dann«, sagt der Skarabäus. Er schiebt mich voran.

»Wie damals mit dem alten Herzinger. Nur so als

Idee.« Das ist für Tine bestimmt und ich kann sehen, dass es in ihrem Kopf zu arbeiten beginnt. Der alte Herzinger. Unser einziger echter »Fall« damals. Den wir dabei beobachtet hatten, wie er hastig eine Dose, die aus seiner Einkaufstüte gerollt war, zurück in die Tasche stopfte und sich dabei ängstlich umsah. Hundefutter. Dabei besaß er doch gar keinen Hund. Tine wagte es damals, auf den Baum im Nachbargarten zu klettern, und entdeckte, dass er den Mops von Frau Wolters gekidnappt und im Schuppen versteckt hatte, um ihr eins auszuwischen. Es ging irgendwie darum, dass die Familie Wolters immer zu laute Grillabende veranstaltete oder zu laut Musik machte oder so.

Ich starre Tine an, hypnotisiere sie fast, hoffe, dass sie mich telepathisch versteht, und als mich der Skarabäus weiterschiebt, wage ich eine winzige letzte Augenbewegung in seine Richtung. Hilf mir, heißt das. Du bist doch so gut darin, dir Leute zu merken. Gesichter. Autonummern.

Als wir schon ein paar Schritte weit weg sind, höre ich Nadine.

»Also findest du nicht auch, dass Lena immer mehr runterkommt?«, sagt sie leise. »Mit was für Typen die in letzter Zeit so rumhängt. Wer war *das* denn?«

Was Tine erwidert, kann ich nicht verstehen, und als ich mich umdrehen will, stoppt mich der Skarabäus.

»Steig einfach ein«, sagt er und tippt auf seine Brusttasche.

Und so steige ich wieder in das verhasste, stinkende Scheißauto, während ich einen letzten Blick auf Tine erhasche, die uns nachdenklich hinterhersieht, und auf Nadine, die sich unbekümmert einen weiteren Schmalzkringel in den Rachen schiebt. Ich glaube nicht, dass Tine kapiert hat, was ich wollte.

Wir fahren los.

Der Skarabäus denkt laut nach. »Jetzt hab ich das Ding. Allerdings löst das nicht mein Problem. Denn was mache ich nun mit dir?«

26

Juni

»Du lässt mich gehen«, antworte ich sofort.

Er schnauft amüsiert.

»Wie viele Kopien hast du denn von dem Clip gemacht?«, fragt er zurück, während wir durch die frühsommerliche Stadt fahren, wo Leute draußen sitzen und die Luft förmlich vibriert vor lauter Vorfreude auf die kommenden Ferien. Gelächter, Musik und Grillgeruch wehen zu uns herüber, bis der Skarabäus das Fenster schließt und uns wieder hermetisch in dieser verräucherten Blechbüchse versiegelt.

»Keine«, versichere ich ihm, aber er winkt nur müde ab.

»Siehst du, das ist das Problem. Es ist ja nicht mit dem Handy getan. Der Knackpunkt ist, dass ihr den Film angesehen habt.«

Ich will protestieren, aber er lässt mich gar nicht zu Wort kommen. »Natürlich habt ihr das. Dein Freund hat sich verplappert. Und wer weiß, wo das Video schon überall ist. Vielleicht hast du es ja zusammen mit deinen kleinen Freundinnen angeguckt. Oder mit deinem Freund. Mit Mami und Papi.

Vielleicht hat Papi es schon längst zu den Bullen geschickt.«

»Nein, nein, wirklich nicht«, versichere ich ihm hastig, doch es klingt nicht sehr überzeugend und das weiß er, er kann in mir lesen wie in einem offenen Buch. Außerdem kann ich meine Tränen jetzt nicht länger zurückhalten, meine Hände zittern und mein Mund ist ganz trocken.

Er schnalzt leise mit der Zunge und denkt nach. Er weiß wirklich nicht, was er mit mir anfangen soll, und aus irgendeinem Grund beunruhigt mich das mehr als alles andere.

Mir fällt etwas ein. Vanessas Tagebuch. Da ging es um ihn, oder?

»Du bist doch Max, stimmt's?«, frage ich. »Max?«

Ich will seinen Namen hundertfach aussprechen, denn wer einen Namen hat, und noch dazu so einen alltäglichen, der ist kein Monster.

Er grinst nur.

»Sie hat von dir in ihrem Tagebuch geschrieben«, fahre ich fort.

»Tagebuch?« Er lacht. »So einen Scheiß hätte ich ihr gar nicht zugetraut.«

»Ich hab alles gelesen. Es ist online, du kannst es auch lesen, wenn du willst. Sie hat doch mit dir ...« Ich verhaspele mich. »Sie hat nur mit dir gespielt.«

»Vanessa.« Er seufzt. »Schade drum. Aber die hat ihre Nase in Sachen gesteckt, die sie nichts angehen. Genau wie du. Und das ist nie eine gute Idee.«

Ich werde so enden wie Vanessa. Ich werde so enden wie Vanessa!

»Hat sich eingebildet, sie kann die große Lippe riskieren, nur weil wir ein paarmal im Bett waren. Und dann kommt die mit so einem Video an und will sich an mir rächen oder so.« Er schüttelt fassungslos den Kopf und fast schüttele ich meinen mit. Ich werde nie verstehen, was Vanessa geritten hat, das zu tun. War sie wirklich nur auf der Suche nach dem Kick?

»Das mit Vanessa war ein Unfall«, fährt der Skarabäus fort. »Ich wollte ihr nur ein bisschen Angst einjagen. Ich bin kein Mörder. Und dann fängt diese betrunkene Kuh an, auf mich einzutreten. Ich wehre mich natürlich und plötzlich habe ich nur noch den Ohrring in der Hand. Und die ist ratzfatz weg, den Berg runter.«

»Du hättest ihr helfen können«, presse ich heraus.

Warum erzählt er mir das alles? Ich will das nicht hören. Je mehr er mir erzählt, umso geringer wird meine Chance, dass ich hier rauskomme, auch wenn er behauptet, dass er kein Mörder ist. Irgendwo habe ich mal gelesen, dass nach dem ersten Mal die Hemmschwelle zum nächsten Mord nur noch gering ist. Wir fahren offenbar auch nicht zurück zur Wohnung, denn wir befinden uns auf der Straße, die aus der Stadt hinaus führt.

»Was ist mit Leander?«, frage ich.

»Nicht mein Problem.« Der Skarabäus hält auf

einmal an. Mitten auf einer menschenleeren Brücke. Oh Gott, was wird das jetzt?

»Mich haben so viele mit dir gesehen«, versuche ich ihm fieberhaft klarzumachen. »Mein Lehrer und meine Freundinnen. Die wissen, dass ich mit dir unterwegs bin!«

Er ignoriert meinen Einwurf, blickt sich kurz um, öffnet das Fenster und schmeißt Vanessas Handy in den Fluss.

Dann sieht er mich an. »So. Und jetzt zu dir.«

Sein Handy klingelt in dem Moment, als etwas Warmes meine Beine runterläuft. Ich schäme mich, es ist wahnsinnig eklig und peinlich, aber ich musste schon den ganzen Tag und habe wirklich panische Angst.

»Was?« Er kneift die Augen zusammen, presst gestresst zwei Finger an die Stirn. »Shit. Fuck! Verdammt noch mal!«

Ich vergrabe mein Gesicht in meinen Händen und weine, aber er meint gar nicht mich, er brüllt in sein Handy.

»Wie konnte das passieren? Er hat was? Du verdammter Idiot und das hast du nicht gemerkt? Scheiße. Scheiße, verdammt noch mal!« Er wird immer lauter, sein Gesicht ist puterrot, eine Ader tritt am Hals hervor. Der Geruch nach Urin breitet sich aus, jetzt merkt er es auch. »Verdammte Sauerei!«, brüllt er und wirft mir einen wütenden Blick zu.

Ich heule jetzt laut, schluchze und japse nach Luft, die Angst breitet sich in jeder Pore aus, ich will nur hier weg. Ich rüttele an der Tür, da startet er wieder den Motor und fährt los. »Wir kommen zu dir«, brüllt er ins Handy.

Wir wenden und rasen zurück in die Stadt. Es kommt mir vor wie eine Gnadenfrist, auch wenn ich keine Ahnung habe, was los ist, und er es offenbar auch nicht für nötig hält, mir etwas zu erklären. Er murmelt und flucht und schimpft vor sich hin, beleidigt andere Autofahrer, die zu langsam fahren, und drängt sich an einer Ampel in letzter Sekunde vor einen weißen Mercedes. Etwas knirscht und ratscht und klirrt, der andere Fahrer hupt wie verrückt, aber wir zischen trotz Rot an ihm vorbei.

Der Skarabäus lacht wie ein Irrer, er zieht das Handy heraus, das schon wieder vibriert, und bellt ein »Was?« hinein. Er lauscht entnervt, während er kaum auf die Straße sieht, wenn er die Spur wechselt, flucht und faucht, dass sich Speichelbläschen an seiner Lippe bilden, und dann kurzerhand in eine Nebenstraße einbiegt. Zu wem fahren wir? Was ist passiert?

Und dann höre ich es. Erst leise, dann immer lauter. Das Jaulen einer Sirene. Der Skarabäus guckt ungläubig in den Rückspiegel. Ein Auto folgt uns, es ist der weiße Mercedes von der Ampel eben, nur, dass er jetzt ein Blaulicht oben auf dem Dach hat.

Ich lache hysterisch los, der Skarabäus lässt sein Handy fallen und gibt Gas, und als wir direkt auf eine Kreuzung mit dichtem Verkehr zurasen, schließe ich nur noch die Augen.

27

Juli

Die Sonne scheint mir direkt ins Gesicht und ich sollte meine Sonnenbrille aufsetzen, aber ich will Leander richtig sehen. Er sitzt mir gegenüber an einem kleinen Tisch auf der Terrasse des Cafés Bienenstich.

»Wir zwei, was?«, sagt er gerade und streichelt sacht mit dem Finger über meinen Arm, der immer noch von Schnitten übersät ist. Sie verheilen langsam, sie waren zum Glück nicht tief. Und nur auf meinen Armen, die ich instinktiv hochgerissen und vor mein Gesicht gehalten habe, als der Skarabäus es nicht mehr schaffte, einem von links kommenden Auto auf der Kreuzung auszuweichen. Ich erinnere mich nur daran, dass es laut knallte und dunkel wurde, und als ich die Augen aufmachte, war die Scheibe vor mir weg und alles um mich herum rot. Das war mein eigenes Blut, das mir übers Gesicht rann. Aber ich hatte mich angeschnallt, er nicht, weshalb ich auch noch im Auto saß und er draußen auf der Straße lag.

Er lebt, das ist alles, was ich weiß, es ist ja nun nicht so, dass ich ihn im Krankenhaus besuchen

will. Er hat mir ausrichten lassen, dass er mir nie
ernsthaft etwas tun wollte. Na gut. Das würde ich in
seiner Situation sicher auch behaupten. Der Rest ist
Sache der Polizei.

»Wenn ich mir vorstelle, was dieses Schwein mit
dir gemacht hat …« Leander schüttelt fassungslos
den Kopf. »Und ich konnte dir nicht helfen.«

»Du konntest doch nichts dafür«, erinnere ich ihn.

»Wenn der Typ mir nicht geholfen hätte, dann …«
Er bricht ab und zu meiner Bestürzung treten ihm
Tränen in die Augen.

»Hey. Es ist vorbei. Die Sonne scheint. Wir sitzen
hier zusammen mit zig anderen glücklichen Leuten,
die den Sommer genießen. Lass uns nach vorn sehen, nicht zurück. Es bringt nichts.«

Damit meine ich nicht nur den Unfall oder die
schreckliche Zeit in der Wohnung in der Hagedornstraße. Damit meine ich vor allem auch Vanessa. Ich
glaube, Leander steht immer noch unter Schock. Er
hat mir erzählt, wie Wollmütze und Albino angefangen haben, sich in der Wohnung zu streiten. Leander war sich nicht sicher, aber es ging wohl um ihn.
Der Albino wollte ihn »entsorgen«, Wollmütze machte da aber nicht mit, er war auf Bewährung draußen
oder so. Jedenfalls ist das Ganze eskaliert und Wollmütze hat den Albino gegen die Wand gestoßen, dass
dieser mit dem Kopf an den Türrahmen geknallt ist.
Danach ist er einfach abgehauen und Leander nutzte die Gunst der Stunde und rannte ebenfalls weg,
noch bevor der Albino sich wieder richtig hochge-

rappelt hatte. Das war es, was der Skarabäus am Telefon erfahren hatte. Die Polizei hat ihn trotzdem geschnappt, Wollmütze aber noch nicht. Da ich ihm Leander verdanke, ist es mir auch egal.

Leander beugt sich vor und gibt mir einen Kuss, der nach Eiskaffee schmeckt. Er hat mich jeden Tag besucht, erst im Krankenhaus, dann zu Hause. Er will nichts sehnlicher, als dass wir wieder da weitermachen, wo wir waren, bevor Vanessa in unser Leben brach. Und auch ich will nichts mehr als das. Aber es geht nicht.

»Das habe ich dir noch gar nicht erzählt«, sagt er jetzt. »Gregor hat einen Kontakt mit einem Musikproduzenten von *Vulcano* aufgenommen. Das ist so ein Independent-Label. Die wollen ein Album mit uns machen. Und mit einem Song haben wir es schon in die lokalen Radiostationen geschafft. Rate mal, mit welchem?«

»Weeks?«

Er grinst. »Du weißt eben alles.«

Ich lächele zurück. Es ist ja auch mein Lied. War mein Lied. Zwischendrin war es mal das von Vanessa. Und nun soll es wieder meins sein. So einfach ist das. Oder? Als ich neulich bei Leander war, habe ich ihr Bild gefunden. Versteckt zwischen zwei Büchern auf dem Nachttisch. Er will mich nicht kränken. Und doch ist es da, ich hab es gesehen und ich kann es nicht vergessen. Ich werde Vanessa nie vergessen können und er auch nicht, aber aus anderen Gründen.

Ein Mädchen geht vorbei, im ersten Moment halte ich erschrocken die Luft an. Sie sieht aus wie Vanessa. Nein, sie hat grüne Augen und etwas hellere Haare, aber sonst ... Leander sieht sie auch und einen Moment lang verkrampft sich seine Hand, die meine hält, er starrt ihr hinterher und in diesem Augenblick ist so ein verzweifelter Ausdruck in seinem Gesicht, so eine Sehnsucht, dass mir allein von dem Anblick ein Schauer über den Rücken rieselt. Und genau das ist der Punkt. Es wird nie vorbei sein. Trotz allem, was passiert ist. Trotz allem, was sie ihm angetan hat. Vanessa wird immer zwischen uns stehen, egal, wie viel Zeit vergeht. Wäre sie noch da, könnte er sie irgendwann vergessen. Sie würde alt werden wie der Rest von uns, Kinder bekommen, irgendwo arbeiten. So aber bleibt sie immer jung. Und unerreichbar. Die Erinnerung an sie wird sich jedes Mal dazwischendrängen, wenn wir uns küssen, wenn wir miteinander schlafen, reden, essen, trinken, herumalbern. Sie wird schleichen und kriechen wie ein unsichtbarer Virus, der Leander zu jeder Tages- und Nachtzeit befallen kann. Und ich will nicht mein Leben lang mit einer Toten verglichen werden. Ich ziehe meine Hand weg.

»Was ist denn?«, fragt er, aber in seinen Augen kann ich es erkennen: Er weiß Bescheid. Er kennt mich so gut und ich kenne ihn so gut, wir können uns nichts vormachen. Trotzdem kämpft er mit den Tränen, als ich es ihm sage. Dann nickt er.

»Habt ihr noch einen Wunsch?«, fragt uns die

junge Kellnerin, die an unseren Tisch tritt. Sie ist niedlich und nett und kaum älter als wir. Vielleicht kann sie Leanders Dämonen vertreiben.

»Danke, nein«, sage ich. Es stimmt nicht ganz. Ich habe viele Wünsche. Einer davon ist, dass wir wirklich Freunde bleiben, Leander und ich. Ich weiß nicht, ob das möglich sein wird. Meistens ist so etwas ja nicht möglich. Seit mit Sarah und Moritz Schluss ist, hassen sie sich. Leander steht auf, schiebt sich mit dieser unwiderstehlichen Geste eine Haarsträhne aus dem Gesicht und beugt sich zu mir runter.

»Danke für alles«, flüstert er. Und geht.

»Bring mir euer Album, wenn es rauskommt«, rufe ich ihm hinterher.

Er nickt, dreht sich aber nicht um.

Mein Herz und mein Kopf sind leer, ich rühre in der mittlerweile warmen milchkaffeebraunen Pampe, die mal mein Mocca-Eis war. Gestern ist Tine mit Nadine nach Kalifornien geflogen. Aber auch das habe ich überlebt. Wie heißt es doch so schön? *What doesn't kill you makes you stronger.*

Etwas klingelt. Ich sehe hoch. Vor mir steht Ben. Er sieht irgendwie erwachsener aus, seine Spange ist weg und seine Haare sind kurz geschnitten. Er lehnt ein teuer aussehendes Mountainbike an das Geländer neben dem Café.

»Na«, sagt er. »Ich hab schon gehört, dass sie den Typen geschnappt haben, der Vanessa auf dem Gewissen hat.«

Ich nicke lahm. Setz dich bloß nicht her, denke ich, aber da kommt er schon an. Ich seufze. Eigentlich tut er mir ja fast leid. Und sollte ich, nach allem, was geschehen ist, nicht über den Dingen stehen?

»Darf ich dich auf ein Getränk einladen?«, fragt er. »Ich hab heute Geburtstag.« Er deutet glücklich auf das Fahrrad.

»Lass mal«, erwidere ich. »Ich gehe gleich.«

Er hebt beschwichtigend die Hände. »Kein Angst, keine Angst. Ich weiß schon. Ich komm dir nicht zu nahe. Das Foto hab ich auch gelöscht, ich schwöre es dir. Hier!« Er hält mir sein Handy hin und ich fühle mich verpflichtet, es entgegenzunehmen, obwohl er natürlich das Foto rein theoretisch auch zu Hause auf der Festplatte haben könnte. Das weiß ich schließlich am besten.

»Wahnsinn, das mit Vanessa«, sagt er. »Und alles wegen eines Videos. Weißt du da Näheres?«

Ich betrachte seine Fotos. Nichts. Da sind nur ein paar. Von einem Kanarienvogel. Den hat er wohl auch zum Geburtstag bekommen.

»Keine Ahnung.« Ich stehe auf. In diesem Moment scheppert es laut. Ein Kleinkind ist mit seinem Dreirad gegen das angelehnte Fahrrad gesaust und hat es zu Fall gebracht. Das Kind heult, es ist unter dem Rad festgeklemmt.

»Das glaub ich jetzt nicht.« Ben springt auf. »Spinnst du, du Nase?« Er zerrt an dem Rad, aber es löst sich nicht, das Kind brüllt wie am Spieß.

»Ja, sind Sie denn noch zu retten, was machen Sie

denn da?«, schreit eine Frau. Sie stürzt auf das brüllende Kind zu, das Dreirad hat sich irgendwie im Fahrrad verhakelt. »Mein armer Schatz!«

Im Nu bildet sich eine Menschentraube, diskutierend und schreiend und lärmend. Ich halte immer noch Bens Telefon in der Hand und will es gerade auf den Tisch legen und mich davonschleichen, als mir etwas auffällt. Ben hat ebenfalls die App VS darauf. Darin kann man auch Fotos speichern, die keiner sehen soll. Ich weiß nicht genau, was mich antreibt, aber ich lege das Handy nicht auf den Tisch zurück. *Die meisten Leute nehmen ihren Geburtstag als Pin.*

Heute ist der 24. Juli und ohne nachzudenken tippe ich 2407 ein. Die App öffnet sich. Es *sind* Fotos darin. Mein Foto. Es hat einen Namen. *Meine Punk-Prinzessin.* Es ist nicht das einzige Foto. Da gibt es noch viele, alle von irgendwelchen Mädchen, die eindeutig schlafen oder betrunken oder sonst wie weggetreten sind. *Mein Schattenengel. Meine Waldelfe. Meine Ballerina.* Letzteres ist ein Foto von Vanessa, sie ist darauf total high. Mein ungläubiger Blick flattert von den Fotos hinüber zu dem lärmenden Pulk. Was für ein Widerling. Ich lösche mein Bild. Ich lösche alle Bilder. Da ist auch noch ein Video. Man sieht einen Fuß und Gras in der Nacht, und als ich auf Play drücke, wird mir schlecht. Man hört leise Bens Stimme, er läuft keuchend durch einen Wald und redet mit sich selbst. »Gibt es hier Hexen? Wird das ein zweites *Blair Witch Project*?« Er kichert, es klingt betrunken und ein bisschen irre. Ich erkenne jetzt, wo er ist, es sind die Hexenfelsen. Im Hintergrund hört man Johlen und Schreien und Musik. Das Bild wackelt, er stolpert offensichtlich, ein Zweig fliegt auf die Kamera zu. »Au, shit«, flucht Ben leise. »Mann ey, Scheißgestrüpp.« Da ist ihm offenbar der Zweig ins Gesicht geklatscht. Ben taumelt zum Weg, das Bild hüpft hoch und runter. Ich halte den Atem an. Das ist die Stelle, an der Vanessa abgestürzt ist. »Irgendwelche Hexen hier draußen?«, grölt Ben. Dann hört er etwas. Ich höre es auch. Jemand ruft. Ben sieht offenbar den Hang hinunter, er hält sich an einem Busch fest, die andere Hand umkrampft das Handy, ein Teil des Bildes ist jetzt durch seine Finger abgedunkelt.

»Hilf mir doch!«

Es ist Vanessas Stimme.

»Oh, Scheiße, was machst du denn da unten? Klar, Mann!« Ben klingt eifrig. Er legt das Handy auf den Boden, von jetzt an hört man nur noch Stimmen, die Kamera ist auf den bewegungslosen Mond gerichtet.

Vanessa: »Du bist das? Jetzt hilf mir doch, verdammt noch mal. Mann, tut das weh!« Sie schluchzt.

Ben, irritiert: »Ey, kannst du auch mal bitte sagen?«

Vanessa schnappt ihn an: »Bitte, du Arsch. Jetzt hilf mir, ich bin verletzt. Mein Fuß ist …« Der Rest ist unverständlich.

Ben: »Gefällt mir. Du da unten und ich hier oben.

Mal was anderes. Wenn ich dir hochhelfe, was bekomme ich dafür?«

Vanessa: »Sag mal, hast du einen an der Klatsche? Was soll der Scheiß?« Sie ruft laut: »Hilfe!«

Ben: »Ich meine doch nur. Einen Kuss? Oder wenigstens gehst du mal mit mir ins Kino oder so?«

Vanessa flucht und brüllt von unten. »Jetzt mach endlich!«

Ben: »Okay, gib mir deine Hand.«

Er zieht sie offenbar hoch, denn man kann ihn schnaufen hören.

Vanessa: »Au. Mann, pass auf.« Sie schluchzt. »Du brichst mir doch noch das Handgelenk. Mensch, warum musst ausgerechnet *du* Trottel hier vorbeikommen?«

Ben: »Weißt du was? Ich bin dir für nichts gut genug, aber für dich im Dreck rumliegen und mir den Arm rauskugeln lassen darf ich, oder was? Vergiss es. Dann warte halt auf jemand Besseres.«

Er lässt sie offenbar los, Vanessa schreit, Zweige knacken, Blätter rascheln, Steine kullern, dann erklingt ein dumpfer Aufschlag.

Ben atmet heftig: »Shit. Oh, shit. Oh, shit.« Dann ein Keuchen. Ein Kichern. »Du hättest meine Prinzessin sein können«, flüstert er.

Das Video hört auf.

Mir ist eiskalt. Die Schnitte in meinen Armen jucken, ich lasse das Handy fallen wie glühende Kohlen. Das Kind schreit immer noch, aber noch lauter schreit die Mutter, die Bens Fahrrad jetzt einen Tritt versetzt, woraufhin er sie an den Arm boxt. »Nun halt doch mal einer diesen Kerl fest«, brüllt jemand. »Wir sind doch hier nicht im Dschungel!«

Ben hat sich kein einziges Mal nach mir umgedreht. Ich stehe auf, nehme sein Handy und gehe betont langsam weg. Über die Schulter sehe ich nach hinten, sie streiten immer noch. Da vorn steht ein Taxi. Ich habe noch genau zehn Euro, die müssen reichen. Wie ein Zombie bewege ich mich vorwärts in Richtung Taxi, der Fahrer hält mir die Tür auf, ich steige ein und bemühe mich, nicht zurückzublicken.

»Zur Polizeidirektion bitte«, sage ich.

Der Taxifahrer startet den Wagen. »Wollen wohl einen Verbrecher anzeigen, was?« Er lacht.

Ich gebe ein Geräusch von mir, das man mit viel gutem Willen als Lachen bezeichnen kann. »Genau.«

»Na, komm schon«, murmelt der Fahrer. Er meint das Auto vor uns, das Schritttempo fährt, um etwas von dem Menschenauflauf mitzubekommen. Dann fahren wir ebenfalls direkt daran vorbei. Bens Gesicht ist rot und wütend, ich sehe, wie er sich umdreht und zu unserem Tisch guckt und wie sich Verwunderung in seinem Gesicht breitmacht. Dann sind wir weg.

Ich zittere vor Anspannung, meine klammen Finger halten das Handy so fest, dass ich es bald zerquetsche.

»Bisschen Musik?«, fragt der Taxifahrer, wartet meine Antwort aber nicht ab und schaltet sein Radio ein. Die muntere Stimme des Moderators erklingt.

»... das war Bonnie Tyler für die älteren Semester unter uns, haha. Für die jungen Leute haben wir jetzt was ganz Brandneues – die *Gargoyles*, eine Top-Band aus unserer Umgebung. Ich prophezeie jetzt mal – von denen werden wir noch 'ne Menge hören!«

Und dann kommt es. Mein Lied.

And after months of loneliness, I saw you ...

Ich war noch nie in meinem Leben so allein. Aber ich habe mich auch noch nie so stark gefühlt.

»Klingt gar nicht mal schlecht«, brummelt der Taxifahrer und lenkt das behäbige Auto durch die sommerlichen Straßen. »Wenn die Bands erst mal im Radio sind, dann werden sie ganz schnell berühmt. So läuft es.«

Ich nicke.

»Die haben es schon leicht, die jungen Leute heutzutage«, macht er weiter. »Denen steht die ganze Welt offen. Es gibt Internet und so. Hatten wir damals alles nicht. Durften wir alles nicht. Ich wäre ja auch gern Musiker geworden. Aber ich musste in die Textilfabrik. Und was hat es mir gebracht? Nichts. Jetzt ist das Ding zu und ich fahre Taxi.« Er winkt ab. »Aber die jungen Leute heute, die haben ein herrliches Leben. Alles so einfach für die. Kann man nicht anders sagen.«

»Ja«, sage ich, während wir auf dem Parkplatz der

Polizeidirektion vorfahren und mir eine winzige, allerletzte Träne die Wange hinunterläuft. Ich wische sie weg und krame nach dem Geld in meiner Tasche. »Da haben Sie recht«, stimme ich ihm zu. »Wir jungen Leute heutzutage – wir haben wirklich ein herrliches Leben.«